U0457445

中|华|国|学|经|典|普|及|本

世说新语

〔南朝宋〕刘义庆　著

胡乃波　注

中国书店

图书在版编目（CIP）数据

世说新语 /（南朝宋）刘义庆著；胡乃波注 . —北京：中国书店，2024.10

（中华国学经典普及本）

ISBN 978-7-5149-3424-3

Ⅰ . ①世… Ⅱ . ①刘… ②胡… Ⅲ . ①《世说新语》Ⅳ . ① I242.1

中国国家版本馆 CIP 数据核字（2024）第 058404 号

世说新语

〔南朝宋〕刘义庆 著　　胡乃波 注

责任编辑：马芷妍

出版发行：中 国 书 店

地　　址：北京市西城区琉璃厂东街 115 号

邮　　编：100050

电　　话：（010）63013700（总编室）

　　　　　（010）63013567（发行部）

印　　刷：三河市嘉科万达彩色印刷有限公司

开　　本：880 mm×1230 mm　1/32

版　　次：2024 年 10 月第 1 版第 1 次印刷

字　　数：157 千

印　　张：8.5

书　　号：ISBN 978-7-5149-3424-3

定　　价：59.00 元

"中华国学经典普及本"编委会

顾 问（排名不分先后）

　　王守常（北京大学哲学系教授，中国文化书院
　　　　　原院长）

　　李中华（北京大学哲学系教授、博导，中国文
　　　　　化书院原副院长）

　　李春青（北京师范大学文学院教授、博导）

　　过常宝（北京师范大学文学院原院长、教授、
　　　　　博导，河北大学副校长）

　　李　山（北京师范大学文学院教授、博导）

　　梁　涛（中国人民大学国学院副院长、教授、
　　　　　博导）

　　王　颂（北京大学哲学系教授、博导，北京
　　　　　大学佛教研究中心主任）

编写组成员（排名不分先后）

　　赵　新　王耀田　魏庆岷　宿春礼　于海英
　　齐艳杰　姜　波　焦　亮　申　楠　王　杰
　　白雯婷　吕凯丽　宿　磊　王光波　田爱群
　　何瑞欣　廖春红　史慧莉　胡乃波　曹柏光
　　田　恬　李锋敏　王毅龄　钱红福　梁剑威
　　崔明礼　宿春君　李统文

前言

　　《世说新语》是由南朝刘宋宗室刘义庆召集门下食客共同编撰而成的，主要记述了东汉末年至南朝宋时二百多年间士族阶层的言谈风尚与逸闻琐事。全书分上、中、下三卷，包括"德行""言语""政事""文学""方正""雅量""识鉴"等类别，共三十六篇，一千多则故事。它是中国魏晋南北朝时期"笔记小说"的代表作。

　　《世说新语》原名叫作《世说》，后人为了与汉代刘向所著的《世说》（此书已失传）相区别，名其为《世说新语》。书中每则故事长短不一，或多行，或三言两语，符合笔记小说"随手而记"的特征。

　　《世说新语》的作者刘义庆（403—444），字季伯，原籍南朝宋彭城（今江苏徐州）。他是宋武帝刘裕的侄子，长沙景王刘道怜的次子，后来过继给叔叔临川王刘道规，袭封临川王。《南史》中称刘义庆"性简素，寡嗜欲，爱好文义，文辞虽不多，然足为宗室之表"，又称他"招聚才学之士，近远必至"，《世说新语》正是由他组织一批文人共同编写的。

《世说新语》集中反映了魏晋时期的名士风度，是研究魏晋时期社会现象的极好史料。其中，关于魏晋名士的清谈、饮酒、服药等活动，隐逸、任诞、简傲等性格特征，以及他们的种种人生追求，都有生动的描写。这些故事从不同的侧面让我们看到了魏晋时期几代士人的群像。通过这些人物形象，我们不仅能够了解那个时代上层社会的风尚，还能更真切地体会到魏晋风骨与气度。

《世说新语》在艺术上有较高的成就。全书涉及各类人物共一千五百多个。魏晋时期主要的人物，无论是帝王、名臣，还是隐士、僧侣，都包括在内；同时还描写了众多生动的女性形象，无论是貌美的歌姬、灵秀的才女，还是狭隘的妒妇，每一位都跃然纸上。

《世说新语》的语言简洁含蓄、生动灵活，现代的许多应用广泛的成语就来源于此，如卿卿我我、身无长物、咄咄怪事、面如傅粉，等等。

《世说新语》对后世的影响十分深远，不仅相继出现了许多模仿它的小说，而且不少戏剧、小说都从其中取材。

我们从原书中精选出一部分最有趣的故事，同时为了帮助读者朋友们更好地理解，书中还增加了详细的注释。相信通过认真阅读此书，不但能让你从中得到了解历史的乐趣，还能增长许多知识。

目录

德行第一

【题解】

德行，指人的道德品行。本篇从不同的方面、多个角度入手，展示了魏晋时期士族阶层认为值得学习的、并将之作为准则和规范的言语行动，反映了当时的道德观念。

陈蕃尊重贤才

陈仲举言为士则，行为世范。①登车揽辔②，有澄清天下之志③。为豫章太守④，至⑤，便问徐孺子⑥所在，欲先看之。主簿白："群情欲府君先入廨。"⑦陈曰："武王式商容之闾，席不暇暖。⑧吾之礼贤，有何不可！"

【注释】

①陈仲举（？—168）：名蕃，字仲举，东汉桓帝末年官至太尉。当时宦官作乱，政治黑暗，他反对宦官专权，受到太学生的尊重。汉灵帝继位之后，陈蕃与大将军窦武谋划诛杀宦官，事情泄露后反被害。全句意思为：陈仲举的言行是读书人的榜样，世人的楷模。

②登车揽辔（pèi）：坐上车子，拿起缰绳，这里指上任做官。揽，拿起。辔，为了驾驭马、牛等牲口而套在它们的头和颈部的缰绳。

③有澄清天下之志：指心怀扫清奸佞，使政治清明、国泰民安的志向。《后汉书·陈蕃列传》："蕃年十五，尝闲处一室，而庭宇芜秽。父友同郡薛勤来候之，谓蕃曰：'孺子何不洒扫以待宾客？'蕃曰：'大丈夫处世，当扫除天下，安事一室乎！'勤知其有清世志，甚奇之。"

④豫章：豫章郡，首府在今江西南昌。太守：郡的行政长官。

⑤至：到，这里指到豫章郡上任。

⑥徐孺子（97—168）：名稚，东汉豫章南昌人，是当时的名士，他反对宦官乱政，朝廷多次下旨召他做官，他都没有出任。陈蕃做太守时，不见宾客，却十分敬重徐稚。

⑦主簿：官名，主管文书、簿籍等事务。白：禀报。府君：对太守的称呼，太守是俸禄二千石的官，有府舍，所以也通称府君。廨（xiè）：官署。全句意思为：主簿禀报说："大家的意思是希望您先到官署中去。"

⑧式：通"轼"，轼为古代的车子前面用作扶手的横木，这里用作动词，指用手扶着东西。商容：商纣时的大夫，贤德受到当时人的称赞。闾（lú）：指里巷的门。全句的意思为：周武王刚刚战胜殷商，就立即来到商容的住所拜访他，根本顾不上休息。

陈谌设喻答客问

客有问陈季方："足下家君太丘有何功德而荷天下重名？"①季方曰："吾家君譬如桂树生泰山之阿，上有万仞之高，下有不测之深；上为甘露所沾，下为渊泉所润。当斯之时，桂树焉知泰山之高，渊泉之深？不知有功德与无也。"②

【注释】

①陈季方：即陈谌，字季方，陈寔（shí）的第六个儿子。家君：父亲，是对自己父亲的尊称。在前面加上"足下"的敬语，是对对方父亲的称呼。太丘（104—187）：陈寔，字仲弓，曾任太丘县令，古人常以任职地的名称代指人，所以称他为陈太丘。陈寔以清高有德行、为人仁爱闻名于世，据《后汉书·陈寔传》："时岁荒民俭，有盗夜入其室，止于梁上。寔阴（暗地里）见，乃起自整拂，呼命子孙，正色训之，曰：'夫人不可不自勉。不善之人未必本恶（做坏事的人不是生来就坏），习以性成（平时不上进，慢慢养成了坏习惯），遂至于此。梁上君子者是矣！'盗大惊，自投于地，稽颡（qǐ sǎng，跪拜）归罪。寔徐譬之曰：'视君状貌，不似恶人，宜深克己反善。然此当由贫困。'令遗（赠给）绢二匹。自是一县无复盗窃。"全句意思为：有人问陈季方："您的父亲太丘长有什么功绩和美德，而能名满天下，享有如此之高的声望呢？"

②阿（ē）：指山的转角儿。从"季方曰"至段末的意思为：季方回答说："我同父亲相比，就好比生长在巍峨的泰山一角的一株桂树，上面有万丈高的山崖，下面有深不见底的水潭；上面有甘露的润泽，下面有深渊泉水的滋养。这种情况下，泰山有多高，泉水有多深，桂树又如何得知呢？我也不知道我的父亲有没有功德啊！"

管宁割席

管宁、华歆共园中锄菜，见地有片金，管挥锄与瓦石不异，华捉而掷去之。①又尝同席②读书，有乘轩冕③过门者，宁读如故，歆废④书出看。宁割席分坐曰："子非吾友也。"⑤

【注释】

①管宁（158—241）：字幼安，北海郡朱虚县（今山东省安丘、临朐东南）人。汉末天下大乱时，管宁到辽东避乱，后来在当地讲学，直到三十多年后的魏文帝黄初四年（223）才返回中原。此后，曹魏屡次征召管宁，他都没有出来做官。华歆（157—231）：字子鱼，汉桓帝时为尚书令，汉献帝时为豫章太守，后曹操征召他入京任军师，魏国建立后官至太尉。华歆曾经同邴原、管宁一起在外求学，三人关系很好。捉：握，拿。全句的意思为：管宁和华歆一同在菜园里除草，管宁看见地上有一小块金子，不予理会，照例举起锄头锄去，跟剔除瓦块、石头一样，而华歆却

把金子捡起来再扔出去。

②席：坐席，是古人的坐具。

③轩冕：古代卿大夫的车服。轩，大夫以上的贵族坐的马车。冕，帝王、诸侯和卿大夫戴的礼帽。这里指有达官贵人从门前经过。

④废：放弃，放下。

⑤全句意思为：管宁就割开席子，与华歆分开坐，说道："你不是我的朋友。"

形骸之外

王朗每以识度推华歆。①歆蜡②日尝集子侄燕③饮，王亦学之。有人向张华说此事，张曰："王之学华，皆是形骸之外，去之所以更远。"④

【注释】

①王朗（？—228）：字景兴，汉末为会稽太守，入魏后官至司徒。识度：见识、气度。全句意思为：王朗在见识和气度方面一直十分推崇华歆。

②蜡（zhà）：祭祀名，古代一种年终祭祀，在农历十二月合祭万物之神。

③燕：通"宴"，宴会。在蜡日期间，有宴饮的习俗。

④张华（232—300）：字茂先，范阳方城（今河北固安）人，阮籍称赞他有王佐之才，晋初任中书令，散骑常侍，力劝武帝定

灭吴之计。惠帝时封壮武郡公，在八王之乱中被杀。公元290年，晋武帝临终时命杨皇后的父亲杨骏为太傅、大都督，掌管朝政大权。而继位的晋惠帝司马衷十分愚钝，皇后贾南风为了让自己家族掌控朝中大权，于次年与楚王司马玮联手发动政变，指挥禁卫军杀死了杨骏。可政变之后，汝南王司马亮和老臣卫瓘趁机夺取了大权。不久后，怀有巨大野心的贾后与楚王司马玮密谋，杀死了汝南王司马亮，随后贾后以矫杀大臣之名处死司马玮。贾后夺取了政权，继而废掉并杀害太子司马遹。各诸侯王趁机起兵发动内战以争夺中央政权，参与者主要有赵王司马伦、齐王司马冏、长沙王司马乂（yì）、成都王司马颖、汝南王司马亮、楚王司马玮、河间王司马颙、东海王司马越八位诸侯王。这场西晋统治阶层之间的权力争夺战历时十六年（291—306）之久，史称八王之乱。形骸之外：指表面的东西。这一句的意思为：有人对张华说起了这件事，张华说："王朗学华歆，只是学了一些表面的东西，所以他距离华歆反而越来越远。"

华歆、王朗乘船避难

华歆、王朗俱乘船避难，有一人欲依附，歆辄难①之。朗曰："幸尚宽，何为不可？"后贼追至，王欲舍所携人。歆曰："本所以疑②，正为此耳。既已纳其自托③，宁可以急相弃邪？"遂携拯如初④。世以此定华、王之优劣。

①难：这里作动词，感到为难。

②疑：迟疑；犹豫不决。

③纳其自托：接受了那个人托付自身的请求，指同意那个人搭船。

④遂携拯如初：便仍旧带着并帮助那个人。

王祥事后母

王祥事后母朱夫人甚谨。①家有一李树，结子殊好，母恒使守②之。时风雨忽至，祥抱树而泣。祥尝在别床眠，母自往暗斫③之；值祥私④起，空斫得被⑤。既还，知母憾之不已⑥，因跪前请死。母于是感悟⑦，爱之如己子。

【注释】

①王祥（184—268）：字休征，琅玡临沂（今属山东）人。因为竭诚侍奉后母，成为当时出名的孝子。他年纪很大才进入仕途，官至太常、太保，进爵位为公。此句意思为：王祥侍奉后母朱夫人非常恭谨。

②恒：一直。守：守护，指防止风雨、鸟雀糟蹋树上的李子。

③暗斫（zhuó）：偷偷地砍杀。

④私：小便。

⑤空斫得被：只砍在了被子上。

⑥知母憾之不已：知道后母非常恨他。

⑦感悟：受到感动而醒悟。

王戎死孝

王戎①、和峤②同时遭大丧③，俱以孝称。王鸡骨支床④，和哭泣备礼。武帝谓刘仲雄曰："卿数省王、和不？闻和哀苦过礼，使人忧之。"⑤仲雄曰："和峤虽备礼，神气不损；王戎虽不备礼，而哀毁骨立。臣以和峤生孝，王戎死孝。陛下不应忧峤，而应忧戎。"⑥

【注释】

①王戎（234—305）：字濬冲，琅玡临沂人，与嵇康、阮籍、山涛、向秀、刘伶、阮咸合称"竹林七贤"。他曾受命随军征伐吴国，吴国被吞并后，封爵安丰侯。晋惠帝时，王戎官至尚书令、司徒。后来发生了八王之乱，王戎随晋惠帝一起遭挟持，公元305年，七十二岁的王戎在河南郏（jiá）县去世。

②和峤（qiáo）（？—292）：字长舆，汝南西平（今属河南）人，担任过中书令、尚书，惠帝时为太子太傅。他富有但十分吝啬，杜预（西晋时期著名将领和学者，灭吴战争的统帅之一）称他有"钱癖"。

③大丧：父母之丧。

④鸡骨支床：意同下文的"哀毁骨立"，指骨瘦如柴。鸡骨，瘦弱、憔悴。支，支离，形容萎靡，精神涣散。

⑤武帝：晋武帝司马炎（236—290），字世安，司马昭之子。刘仲雄（？—285）：名毅，字仲雄，为人刚直，任司隶校尉、尚书左仆射。卿：用于平辈之间对称，或长对幼、君对臣、上对下，表示尊重、亲热的称呼。省（xǐng）：探望。不（fǒu）：同"否"。此句意思为：武帝对刘毅说："你经常去探望王戎、和峤吗？听说和峤过于悲痛，超出了礼法的常规，真令人担忧。"

⑥哀毁骨立：形容因为悲哀过度，损伤了身体，变得瘦弱不堪，骨瘦如柴。生孝：指遵守丧礼而能注意不伤身体的孝行。死孝：对父母尽哀悼之情而至于死的孝行。全句意思为：刘毅说："和峤虽然礼仪周到，但精神元气并没有受损；王戎虽然不注重礼仪，但是因为伤心过度，损毁了身体，瘦弱得只剩下骨架了。臣认为，和峤虽然尽了孝，但是性命并没有受到影响；王戎则悲伤过度，因而有性命之忧。陛下不应该担心和峤，反而应该担心王戎。"

郗鉴哺二儿

郗公值永嘉丧乱，在乡里，甚穷馁。①乡人以公名德，传共饴②之。公常携兄子迈及外生周翼二小儿往食③，乡人曰："各自饥困，以君之贤，欲共济君耳，恐不能兼有所存。"公于是独往食，辄含饭著两颊边，还，吐与二儿。后并得存，同过江④。郗公亡，翼为剡县⑤，解职归，席苫⑥于公灵床⑦头，心丧⑧终三年。

【注释】

①郗（xī）公（269—339）：郗鉴，字道徽，东平金乡（今属山东）人，以儒雅著称，历任兖州刺史、司空、太尉。永嘉丧乱：晋朝建立之初采用分封的政策，使中央权力分散，最终导致八王之乱，再加上遭到天灾，社会不安，北方胡人乘机入侵。永兴元年（304），匈奴贵族刘渊在左国城（今属山西）起兵，并自称汉王。光熙元年（306），晋惠帝去世，晋怀帝司马炽继位，改年号为永嘉。永嘉二年（308），刘渊正式称帝，国号汉。两年后，刘渊死去，其子刘聪继位。永嘉五年（311），刘聪派大将石勒等人率大军侵晋，在平城（今属河南）歼灭晋军十多万人，又俘虏、杀害太尉王衍及许多王公贵族。不久攻入京城洛阳，俘获了晋怀帝，纵兵烧杀。史称永嘉之乱。穷：生活困难。馁（něi）：饥饿。此句意思为：郗鉴在永嘉之乱时期住在家乡，生活很困难，经常挨饿。

②传：轮流。饲（sì）：通"饲"，给人吃东西。

③外生：外甥。此句意思为：郗鉴经常带着哥哥的儿子郗迈和外甥周翼一同去吃饭。

④过江：指渡过长江到江南。永嘉之乱后，中原人士纷纷过江避难，后来镇守建康（今南京，原名建邺，晋愍帝司马邺即位后，为了避皇帝的名讳，改为建康）的琅琊王司马睿即帝位，称晋元帝，开始了东晋时代。

⑤为剡（shàn）县：指做剡县县令。剡县，今浙江嵊（shèng）州市。

⑥席苫（shān）：铺草垫子为席，坐、卧在上面。按照古制，

父母去世后，守孝时要在草垫上枕着土块睡觉，叫作"寝苫枕块"。

⑦灵床：停放尸体的床，或为了悼念死者而虚设的座位。

⑧心丧：指不穿孝服或脱去孝服后的深切悼念。古时父母死，服丧三年，外亲死，服丧五个月。郗鉴是周翼的舅父，周翼却守孝三年，表示哀痛。

顾荣施炙

顾荣①在洛阳，尝应人请，觉行炙人有欲炙之色②，因辍己③施焉。同坐嗤之，荣曰："岂有终日执之，而不知其味者乎？④"后遭乱渡江，每经危急，常有一人左右⑤己。问其所以，乃受炙人也。

【注释】

①顾荣（？—312）：字彦先，吴郡吴县（今江苏苏州）人，东吴丞相顾雍的孙子。吴国灭亡，顾荣与陆机、陆云一同入洛，号称"三俊"。后来，顾荣回到吴地，任安东军司，加散骑常侍，成为拥护司马氏政权南迁的江南士族的代表人物。

②行炙人：传递菜肴的仆役。炙，烤肉。这一节意思为：发现上菜的人有想吃烤肉的神情。

③因：于是；就。辍己：指自己停下来不吃，让出自己那一份。

④岂有终日执之，而不知其味者乎：哪有成天端着烤肉而不知肉味的人呢？

⑤左右：帮助。

邓攸抱恨

邓攸①始避难，于道中弃己子，全弟子。既过江，取一妾，甚宠爱。历年后，讯其所由②，妾具③说是北人遭乱，忆父母姓名，乃攸之甥也④。攸素有德业，言行无玷⑤，闻之哀恨终身，遂不复畜妾⑥。

【注释】

①邓攸（？—326）：字伯道，平阳襄陵（今属山西襄汾）人。邓攸的弟弟早死，留下一个儿子由邓攸抚养。永嘉之乱时，他和妻子带着两个孩子逃难，路上遇到强盗，他们的牛马被抢走。邓攸挑着两个孩子向前走，他觉得乱军就要赶到，势必难以保全两个孩子，就舍弃了自己的儿子，保全了弟弟的儿子。

②所由：根由，指身世。

③具：具体，详细。

④乃攸之甥也：原来她竟是邓攸的外甥女。

⑤攸素有德业，言行无玷：邓攸一向德行高洁，事业有成就，言行没有污点。

⑥畜妾：纳妾。

谢安怜翁

谢奕作剡令，有一老翁犯法，谢以醇酒罚之，乃至过醉而犹未已。^①太傅^②时年七八^③岁，著青布绔，在兄膝边坐，谏曰："阿兄，老翁可念，何可作此！^④"奕于是改容曰："阿奴欲放去邪？"遂遣之。^⑤

【注释】

①谢奕：字无奕，谢安的哥哥，东晋时期著名的军事家谢玄的父亲，担任过安西将军、豫州刺史等职。令：指县令，一县的行政长官。醇酒：酒精浓度高的酒。已：停止。此句意思为：谢奕做剡县县令的时候，有一个老人犯了法，谢奕就命他喝烈酒，以此来惩罚他，老人已经醉得很厉害了，谢奕仍没有下令让他停下来。

②太傅：官名，这里指谢安。谢安（320—385）：字安石，东晋孝武帝时官至宰相。公元383年，北方的统一政权前秦在苻坚的带领下向东晋发起了侵略、吞并的战争。谢安为征讨大都督，指挥弟弟谢石、侄儿谢玄等大破苻坚于淝水，因功拜为太保，太傅是他去世之后被追赠的官职。

③时年七八：当时只有七八岁。

④念：怜悯，同情。全句意思为：哥哥，老人家多么可怜，怎么可以对他做这种事！

⑤容：面容，脸上的神色。阿奴：对幼小者的爱称，这里是哥哥称呼弟弟。全句意思为：谢奕的脸色立即缓和下来，问道："阿弟，你要放他走吗？"于是放了那个老人。

谢安教儿

谢公①夫人教儿，问太傅："那得初不见君教儿②？"答曰："我常自教儿③。"

【注释】

①谢公：谢安。下文的太傅也指谢安。

②那得初不见君教儿：怎么从来没有见您教导过儿子？

③我常自教儿：我经常用自己的一言一行来教导儿子。

简文帝怀仁心

晋简文为抚军时，所坐床上，尘不听拂，见鼠行迹，视以为佳。①有参军②见鼠白日行，以手板③批杀④之，抚军意色不说⑤。门下⑥起弹⑦，教曰："鼠被害，尚不能忘怀，今复以鼠损人，无乃不可乎？"⑧

【注释】

①晋简文：晋简文帝司马昱（yù），即位前封会稽王，任抚军将军，后又任抚军大将军、丞相。床：坐具。古时候卧具叫作床，坐具也叫作床。全句意思为：晋简文帝担任抚军将军的时候，从来不让人擦去他座位上的灰尘，看见老鼠从上面走过的印迹，反而觉得很好。

②参军：将军幕府所设的官。

③手板：即"笏"，古代官吏上朝或谒见上司时所拿的狭长的板子，可在上面记事。

④批杀：打。

⑤说：通"悦"，高兴。

⑥门下：门客，贵族家里养的"储备人才"。

⑦弹：弹劾，检举违法或失职的官吏。

⑧无乃：恐怕，表示语气比较缓和的反问。这一节意思为：司马昱教导（门客）说："老鼠被打死了，尚且令人难以忘怀，现在又为了这只老鼠去伤害人，不是更不应该吗？"

范宣受绢

范宣①年八岁，后园挑②菜，误伤指，大啼。人问："痛邪？"答曰："非为痛，身体发肤，不敢毁伤③，是以啼耳。"宣洁行廉约，韩豫章④遗绢百匹，不受；减五十匹，复不受。如是减半，遂至一匹，既终不受。韩后与范同载，就车中裂二丈与范，云："人宁可使妇无裈邪？⑤"范笑而受之。

【注释】

①范宣：字宣子，家境贫寒，崇尚儒家经典，曾经被征召为太学博士、散骑郎，但是他都推辞不受。

②挑：挖取，挖出来。

③身体发肤，不敢毁伤：语出《孝经》："身体发肤，受之父母，不敢毁伤，孝之始也。"身，躯干。体，头和四肢。

④韩豫章：韩伯（？—约385），字康伯，颍川长社（今属河南）人，东晋玄学家、训诂学家，历任豫章太守、丹杨尹、吏部尚书等职。

⑤裈（kūn）：裤子。全句意思为：身为一个男人，怎么可以让自己的妻子没有裤子穿呢？

王献之上章首过

王子敬①病笃，道家上章②，应首过，问子敬："由来③有何异同得失④？"子敬云："不觉有余事，唯忆与郗家离婚。⑤"

【注释】

①王子敬（344—386）：王献之，字子敬，是晋代大书法家王羲之的第七个儿子，少有盛名，官至中书令，与父亲并称"二王"。

②道家上章：道家，指道士。东汉末年，张陵（一说为张道陵）创立五斗米道，凡是入道的人都需要交纳五斗米，因此而得名。五斗米道尊老子为教主，后来逐渐发展为道教。当时王氏家族笃信道教。上章：有人得了病后，请道士写明病人姓名、服罪之意，向上天祷告，以求除难消灾。病人要坦白自己的罪过，叫作首过。

③由来：向来，一向。

④异同得失："异同""得失"都是偏义复词，着重于异常和过失。

⑤与郗家离婚：指王献之与表姐郗道茂的婚姻悲剧。王家与郗家二世联姻，王羲之的夫人是郗鉴的女儿，王献之娶郗鉴的小儿子郗昙的女儿郗道茂为妻。简文帝的三女儿新安公主先嫁给了桓温之子桓济，后来桓济获罪被废，孝武帝考虑到新安公主早就对王献之倾慕有加，就下旨命王献之休掉妻子，迎娶新安公主为妻。在流传下来的《淳化阁帖》中，收录了王献之离婚后写给郗道茂的书信，言辞十分哀婉，可见他对发妻依然感情深厚。此句意思为：想不起有别的过错，只记得和郗家离婚的事。

处之不易

殷仲堪既为荆州，值水俭，食常五碗盘，外无余肴，饭粒脱落盘席间，辄拾以啖之。①虽欲率物②，亦缘其性真素③。每语子弟云："勿以我受任方州，云我豁平昔时意，今吾处之不易。贫者士之常，焉得登枝而捐其本！尔曹其存之。"④

【注释】

①殷仲堪（？—399）：陈郡（今河南淮阳）人，东晋末年将领，官至荆州刺史。水俭：因水灾而年成不好。俭，歉收。五碗盘：当时流行的一种成套食器，由一个托盘和五只小碗组成。全

句意思为：殷仲堪就任荆州刺史时，正遇上水灾致使粮食歉收，他通常只用五碗盘吃饭，此外并没有什么荤菜，有饭粒掉了，他总是捡起来吃掉。

②率物：率人，为人表率。

③真素：真诚无饰，质朴。

④方：大。豁（huò）：抛弃。意：志向，意愿。焉得登枝而捐其本：哪能因为登上高枝就抛弃树干，指不能因为富贵显达就忘掉做人的基本原则。其：表命令、劝告的语气副词，大致可译为"还是、要"。从"每语子弟云"至段尾的意思为：殷仲堪时常告诫子弟说："你们不要认为我担任一个州的长官之后就抛弃了先前的原则，现在的我依然跟以前一样。乐守清贫是读书人的本分，哪儿能因为做了官就丢掉做人的根本呢，你们一定要记住我所说的话！"

身无长物

王恭①从会稽②还，王大③看之。见其坐六尺簟④，因语恭："卿东来，故应有此物，可以一领及我。⑤"恭无言。大去后，即举所坐者送之。既无余席，便坐荐⑥上。后大闻之，甚惊，曰："吾本谓卿多，故求耳。"对曰："丈人不悉恭，恭作人无长物。⑦"

【注释】

①王恭（？—398）：字孝伯，镇军将军、会稽内史王蕴之子，

历任中书令，青州、兖州刺史，晋安帝时起兵反对帝室，最终被杀。

②会稽：郡名，郡治在今浙江绍兴。

③王大：王忱，小名阿大，王恭的同族叔父辈，官至荆州刺史。

④簟（diàn）：竹席。

⑤东来：从东边回来。因为东晋的国都在建康，会稽在建康的东南方向。故：通"固"，本来，自然。可以："可"是可以，"以"是拿。领：量词，通常用于草席，如一领席。全句意思为：你从东边回来，自然有这种东西，拿一张给我吧。

⑥荐：草席。

⑦长物：多余的东西。全句意思为：您老实在不了解我，我一向没有多余的东西。

陈遗至孝

吴郡陈遗①，家至孝。母好食铛②底焦饭，遗作郡主簿，恒装一囊，每煮食，辄贮录③焦饭，归以遗母。后值孙恩贼④出吴郡，袁府君⑤即日便征。遗已聚敛得数斗焦饭，未展归家，遂带以从军。⑥战于沪渎，败，军人溃散，逃走山泽，皆多饥死，遗独以焦饭得活。时人以为纯孝之报也⑦。

【注释】

①吴郡：在今天的江苏苏州。陈遗：生平不详。

②铛（chēng）：一种铁锅。

③贮录：贮藏。

④孙恩贼：东晋末年，社会矛盾日益加强。隆安二年（398），爆发王恭之乱，孙恩的父亲孙泰想乘乱起事，司马道子父子诱杀了孙泰和他的六个儿子，孙恩逃到了海岛上，聚众为孙泰报仇，次年攻陷会稽八郡，一度逼近建康，攻破广陵（今江苏扬州），后来被刘裕打败，跳海而死。

⑤袁府君：袁山松，任吴国内史（诸侯王封地内掌管民政的长官，相当于太守）。

⑥未展：未及。全句意思为：陈遗这时候已经积攒了几斗锅巴，还来不及送回家，只好带着锅巴随军出征。

⑦时人以为纯孝之报也：当时的人们都认为，这是陈遗极尽孝道得到的善报。

言语第二

【题解】

　　言语，指人的口才辞令。魏晋时代，盛行清谈之风，士人喜欢谈玄析理，要求言谈寓意深刻，言辞简约，声调还需抑扬顿挫。受此风气的影响，士大夫悉心磨炼语言技巧，使自己在交谈中具有高超的言谈本领，以突显自己的敏捷才思和机智，并显示出自己的身份。

徐稚赏月

　　徐孺子年九岁，尝月下戏，人语之曰："若令月中无物，当极明邪？"①徐曰："不然。譬如人眼中有瞳子，无此，必不明。"②

【注释】

　　①徐孺子：即徐稚。无物：没有东西。在古代的神话传说中，月亮里有嫦娥、玉兔、桂树等。全句意思为：徐稚九岁时，有一次在月光下玩耍，有人对他说："如果月亮里面什么也没有的话，应该会特别明亮吧？"

②瞳子：瞳仁。全句意思为：徐孺子说："不是这样的，这一点就像人的眼睛里有瞳仁一样，如果没有它，一定看不见东西。"

孔融展辩才

孔文举①年十岁，随父到洛。时李元礼②有盛名，为司隶校尉③。诣④门者，皆俊才清称⑤及中表亲戚⑥乃通⑦。文举至门，谓吏曰："我是李府君亲。"既通，前坐。元礼问曰："君与仆⑧有何亲？"对曰："昔先君仲尼与君先人伯阳有师资之尊，是仆与君奕世为通好也。"⑨元礼及宾客莫不奇之。太中大夫⑩陈韪后至，人以其语语之，韪曰："小时了了，大未必佳。⑪"文举曰："想君小时，必当了了。"韪大踧踖。⑫

【注释】

①孔文举（153—208）：孔融，字文举，汉代末年的名士、文学家，与陈琳、王粲、徐干、阮瑀、应场、刘桢合称"建安七子"。他历任北海相、少府、太中大夫等职，后因触怒曹操，被曹操借故杀害。

②李元礼（110—169）：名膺，字元礼，东汉人，曾任河南尹、司隶校尉。当时朝政黑暗、混乱，他却坚守法度，声望很高。后来，他参与陈蕃、窦武等谋划的诛杀宦官之事，事情失败之后被拷打致死。

③司隶校尉：掌管监察京师和所属各郡百官的官职。

④诣（yì）：拜访。

⑤清称：有清雅的名望。

⑥中表亲戚：泛指内外亲戚。

⑦通：通报，禀报。

⑧仆：古人谦称自己。

⑨先君：祖先，与下文"先人"同。仲尼：孔子，名丘，字仲尼。伯阳：老子，姓李，名耳，字聃，一字伯阳，著有《老子》一书。师资之尊：指孔子曾经向老子请教过礼制一事。奕世：累世，世世代代。全句意思为：孙融回答说："古时候我的祖先仲尼曾经拜您的祖先伯阳为师，因此我家和您家世代都如同一家。"

⑩太中大夫：掌管议论的官。

⑪了了：聪明。本句意思是：小时候聪明伶俐，长大了未必出类拔萃。

⑫踧踖（cù jí）：难为情，局促不安。全句意思为：文举应声说："想必您小时候是很聪明伶俐的了！"陈韪听了，感到很尴尬。

小儿偷酒

孔文举有二子，大者六岁，小者五岁。昼日父眠，小者床头盗酒饮之，大儿谓曰："何以不拜？"①答曰："偷，那得行礼！"②

①"大儿"句：大儿子对弟弟说："喝酒之前为什么不先行礼呢？"

②"答曰"句：弟弟回答："偷来的，不需要行礼！"

覆巢之下无完卵

孔融被收①，中外②惶怖。时融儿大者九岁，小者八岁，二儿故琢钉戏，了无遽容。③融谓使者曰："冀罪止于身，二儿可得全不？"④儿徐进曰："大人岂见覆巢之下复有完卵乎？"寻亦收至。⑤

【注释】

①孔融被收：这里指孔融被曹操逮捕一事。

②中外：指朝廷内外。

③琢钉戏：古时小孩子玩的一种游戏。了：完全。遽（jù）容：恐惧的神情。全句意思为：当时，孔融的大儿子九岁，小儿子八岁，两个孩子依旧在玩琢钉戏，没有一点儿惊慌恐惧的样子。

④全句意思为：孔融对前来逮捕他的差使说："我希望只惩罚我自己，能不能保全我两个孩子的性命呢？"

⑤大人：对父亲的敬称。全句意思为：这时，两个儿子从容地走上前来，说："父亲，您见过倾覆的鸟窝下面还有完好无损的鸟蛋吗？"不一会儿，两个儿子也被抓捕了。

祢衡击鼓

祢衡①被魏武②谪为鼓吏。正月半试鼓，衡扬枹为《渔阳掺挝》，渊渊有金石声，四坐为之改容。③孔融曰："祢衡罪同胥靡，不能发明王之梦。④"魏武惭而赦之。

【注释】

①祢（mí）衡（173—198）：字正平。汉末建安时人，孔融认为他很有才干，曾向魏王曹操推荐他，曹操想召见他，他却不肯去，而且表达了许多不满的言论。曹操十分生气，就想羞辱他，于是派他做鼓吏（击鼓的小吏）。

②魏武：曹操，初封魏王，死后谥号为武王。其子曹丕建立魏国之后，追尊他为武帝。

③枹（fú）：鼓槌。渔阳掺挝（sān zhuā）：鼓曲名。掺，通"叁"，即"三"。挝，鼓槌。三挝，指这首曲子的曲式为三段体，就像古曲中有"三弄""三叠"一样。渊渊：象声词，形容鼓声深沉。金石：指钟磬一类的乐器。全句意思为：（魏武帝）要在十五月圆、大会宾客的时候，检验祢衡的鼓曲技艺。祢衡挥动鼓槌演奏了一曲《渔阳掺挝》，鼓声深沉凝重，仿佛有钟磬之声，满座的人无不为之动容。

④祢衡罪同胥靡，不能发明王之梦：传说殷高宗武丁梦见天赐贤才，醒来后派人寻找，结果找到奴隶傅说，于是任用他为大臣，辅佐国政，使殷朝兴盛起来。胥（xū）靡，刑罚名，这里指

服此劳役的囚徒，也指傅说。全句意思为：孔融说："祢衡的罪和傅说相同，只是不能引发您的求贤之梦。"

司马徽安贫乐道

南郡^①庞士元^②闻司马德操^③在颍川，故二千里候^④之。至，遇德操采桑，士元从车中谓曰："吾闻丈夫处世，当带金佩紫，焉有屈洪流之量，而执丝妇之事。"^⑤德操曰："子且下车。子适知邪径之速，不虑失道之迷。^⑥昔伯成耦耕，不慕诸侯之荣；原宪桑枢，不易有官之宅。^⑦何有坐则华屋，行则肥马，侍女数十，然后为奇？此乃许、父所以慷慨，夷、齐所以长叹。^⑧虽有窃秦之爵，千驷之富，不足贵也。^⑨"士元曰："仆生出边垂，寡见大义。若不一叩洪钟、伐雷鼓，则不识其音响也。^⑩"

【注释】

①南郡：郡名，辖区大约在今湖北襄阳、荆州、洪湖等地。

②庞士元（179—214）：庞统，字士元，东汉末襄阳人，曾任南郡功曹（能参与一郡的政务），年轻时曾去拜会司马德操，深得德操赏识，被德操称为"凤雏"，后来成为刘备的谋士。

③司马德操（？—208）：司马徽，字德操，善于知人，被人称为"水镜先生"。

④候：拜会。

⑤带金佩紫：带金印，佩戴紫色的绶（shòu）带，是汉代高

官的服饰，这里指做高官。洪流之量：比喻才学、见识与气度都很大。全句意思为：庞统到的时候，正遇到司马徽在采桑叶，庞统就坐在车里对司马徽说："我听人说，大丈夫处世，就应该显达富贵，哪能委屈自己宏大的志向去做蚕妇干的事呢？"

⑥邪径：捷径，小路。这两句意思为：您请先下车来。您只知道走捷径，却没有想过这样容易迷路。

⑦伯成：复姓伯成，名子高。据说尧做君主时，伯成子高被封为诸侯。后来禹做了君主，伯成认为"德衰而刑立"，即禹只重赏罚，不讲仁德，不如尧舜时的统治。于是伯成就辞去官职，回家种地。耦耕：古代的一种耕作方法，两人并肩耕作，后泛指做农活。原宪：孔子弟子，字子思。据说，他在鲁国的时候日子过得十分清苦，房子破旧，用桑树枝做门，可他安贫乐道，不以为苦，照样弹琴唱歌。全句意思为：从前伯成宁愿回家务农，也不羡慕做诸侯的光彩和荣耀。原宪宁愿住在破烂的屋子里，也不愿去住达官贵人的住宅。

⑧许、父：许由、巢父。许由是传说中的隐士，尧想把首领的位子让给他，他不肯接受，尧又想请他做九州长，他认为这玷污了自己的耳朵，于是跑去洗耳朵。巢父，许由的朋友，尧曾经想把职位让给他，巢父也不肯接受。夷、齐：伯夷、叔齐，商代孤竹君的两个儿子。孤竹君遗嘱立叔齐为继承人，孤竹君去世后，叔齐想让位给伯夷，伯夷不接受，于是兄弟俩一同弃国隐居。后来，周武王统一天下，两个人认为武王伐纣是臣子对君主的反叛，因此不肯吃周朝的粮食，最终一起饿死在首阳山。全句意思为：谁说居住在豪华的屋子里，出行有肥马轻车，身旁还围绕着众多

婢妾，才算是高人一等呢？这正是隐士许由、巢父，清高之士伯夷、叔齐感叹的原因。

⑨窃秦：指吕不韦以计谋窃取秦国的爵位。吕不韦（？—前235），阳翟（今河南禹州）大商人，在赵国的都城遇到了在这里当人质的秦国公子子楚，认为"奇货可居"，于是去秦国为子楚打通关系，使子楚继承了王位。子楚即庄襄王，他生嬴政（秦始皇），以吕不韦为宰相，并加封吕不韦为文信侯。嬴政继位之后，尊吕不韦为仲父。千驷（si）之富：驷，古时候用四匹马同驾一辆车，称为驷。千驷，指有一千辆车，四千匹马。《论语·季氏》中说："齐景公有马千驷，死之日，民无德而称焉。"全句意思为：就算拥有吕不韦那样的高官显爵，有齐景公那样巨大的财富，也是不值得人去尊敬的。

⑩边垂：即边陲，这里指偏僻的边地。伐：敲打。雷鼓：鼓名，古时祭天神的时候所敲击的鼓。全句意思为：我生长在偏远之地，很少有机会见识到大道理。今天如果不是您说了这番足以叩响大钟、敲响雷鼓的话，我就不会知道您有这番振聋发聩的见识啊！

二钟见魏文帝

钟毓①、钟会②少有令誉③。年十三，魏文帝闻之，语其父钟繇曰："可令二子来。"④于是敕⑤见。毓面有汗，帝问："卿面何以汗？"毓对曰："战战惶惶，汗出如浆。"复问会："卿何以不汗？"对曰："战战栗栗，汗不敢出。"⑥

【注释】

①钟毓（yù）：字稚叔，钟繇长子，自幼就十分聪慧，后累官都督徐州、荆州诸军事。

②钟会：字士季，钟毓的弟弟，后官至司徒，是司马昭的重要谋士，被当时人比作西汉的张良。名士嵇康被杀，即出于他的计谋。后来钟会扩充势力，打算自立政权，谁知手下发动兵变，他被杀死于乱军之中。

③令誉：美好的声誉。

④钟繇（yáo）：字元常，曾经担任过黄门侍郎、司隶校尉等职，不过他最擅长的还是书法，尤其精通隶书和楷书，与王羲之齐名。全句意思为：钟毓十三岁时，魏文帝听说了他们兄弟俩的美誉，便对他们的父亲钟繇说："可以叫两个孩子来见一下我。"

⑤敕（chì）：皇帝的命令。

⑥"毓面有汗"至段末的意思为：觐见时，钟毓脸上有汗，文帝问他："你为什么出汗？"钟毓回答说："我胆战心惊，惶恐不安，因此汗如浆水。"文帝又问钟会："你怎么没有出汗？"钟会回答说："我战战兢兢，恐惧不已，连汗都不敢出了。"

邓艾口吃

邓艾①口吃，语称"艾艾"。晋文王戏之曰："卿云'艾艾'，定是几艾？"对曰："'凤兮凤兮②'，故是一凤。"

【注释】

①邓艾（197—264）：三国时魏人，曾经被晋朝的奠基人司马懿召为属官，伐蜀有功，封关内侯，后任镇西将军，又封邓侯。艾艾：古时人们和别人说话时，多自称名，由于邓艾口吃，自称时就会连说"艾艾"。

②凤兮凤兮：语出《论语·微子》，楚国的接舆走过孔子身旁的时候唱道："凤兮凤兮，何德之衰？"（凤啊凤啊，你的德行为什么这么衰微？）此处以凤比喻孔子。邓艾引用这个典故来说明：虽然连说"凤兮"，却只是指一只凤，自己说"艾艾"，也只是指一个艾。

裴楷解帝忧

晋武帝始登阼，探策得一。^①王者世数，系此多少。^②帝既不说，群臣失色，莫能有言者。侍中裴楷进曰："臣闻天得一以清，地得一以宁，侯王得一以为天下贞。"^③帝说，群臣叹服。^④

【注释】

①晋武帝：司马炎，夺魏国政权而称帝。登阼（zuò）：登上帝位。阼，原指大堂前东边的台阶。古时以东阶为主位，皇帝即位时登东阶而上，所以后来用阼来代指帝位。策：古代占卜用的蓍（shi）草。帝王登位时，常靠占卜来预测帝位世代相传的数目。

全句意思为：晋武帝刚登上皇位的时候，用蓍草占卜帝位能传多少代，得到的是"一"。

②全句意思为：要推断帝位能传多少代，就在于这个数目的多少。

③"天得一"三句：引自《老子》三十九章。有的本子以"贞"作"正"，二字意义可通。《老子》所谓"一"，是指老子所说的道，老子以为天、地、侯王都来源于道，有了道，才能存在。这两句意思为：晋武帝十分不高兴，吓得群臣一个个战战兢兢，脸色发白，不敢说话。这时，侍中裴楷进言道："臣听说，天得到一就能够清明，地得到一就能够安宁，侯王得到一就能够获得天下正统之位。"

④说：同"悦"。全句意思为：晋武帝听了非常高兴，群臣都对裴楷充满赞叹和佩服。

吴牛喘月

满奋①畏风。在晋武帝坐，北窗作琉璃屏，实密似疏，奋有难色。②帝笑之，奋答曰："臣犹吴牛，见月而喘。"③

【注释】

①满奋：字武秋，曾任尚书令、司隶校尉。

②琉璃屏：琉璃做的屏风。全句意思为：一次，满奋在晋武帝旁边侍坐，北面的窗子是用琉璃做的，实际上很严实，但看起来却像透风似的，满奋脸上露出痛苦的表情。

③吴牛：吴地的牛，即指江淮一带的水牛。据说因为吴地炎热，水牛在太阳下晒着就会不断地喘气，以至于看见了明亮的月亮也误以为是太阳的照射，就喘息起来，此处比喻生疑心就害怕，或因害怕而失去了判断力。全句意思为：武帝笑满奋，满奋回答："臣好比吴地的牛，看见月亮就喘息起来了。"

乐广善辩

乐令女适大将军成都王颖①，王兄长沙王执权于洛，遂构兵相图。②长沙王亲近小人，远外君子，凡在朝者，人怀危惧。乐令既允朝望，加有婚亲，群小谗于长沙。③长沙尝问乐令，乐令神色自若，徐答曰："岂以五男易一女？"由是释然，无复疑虑。④

【注释】

①乐令：乐广，字彦辅，累迁河南尹、尚书右仆射，后任尚书令，故称乐令。适：嫁给。成都王颖（279—306）：司马颖，晋武帝的第十六个儿子，被封为成都王。在八王之乱中，长沙王司马乂（晋武帝第六子）于公元301年进入京都，拜抚军大将军。公元303年八月，司马颖等以司马乂专权为由，起兵讨伐司马乂。文中的对话就以这一时期为背景。这一节意思为：尚书令乐广的女儿嫁给了大将军成都王司马颖。

②构兵：出兵交战。这两节意思为：司马乂正在京师洛阳掌管朝政，成都王于是起兵，想取代他。

③允：确实。这两句意思为：长沙王司马乂平时喜欢亲近小人，疏远正直的君子，令朝中官员人人自危。乐广在朝廷中既有威望，又和成都王是姻亲，于是一些奸佞小人就在司马乂跟前说他的坏话。

④"岂以"句：指如果自己依附司马颖，五个儿子就会被司马乂杀害，自己不会这样做。全句意思为：司马乂曾经为这事查问过乐广，乐广一脸淡定的表情，不慌不忙地回答说："我难道会用五个儿子的性命去换一个女儿？"长沙王从此打消了疑虑，不再猜忌乐广。

元帝过江

元帝始过江，谓顾骠骑曰："寄人国土，心常怀惭。"①荣跪对曰："臣闻王者以天下为家，是以耿、亳无定处，九鼎迁洛邑。愿陛下勿以迁都为念。"②

【注释】

①元帝：晋元帝司马睿，原为琅玡王。汉刘渊攻晋后，司马睿听从王导的建议，请求镇守建康，朝廷于公元307年封他为安东将军，都督扬州军事。公元316年，汉刘曜大举进兵，国都失守，晋愍帝司马邺被俘，西晋灭亡。公元317年，司马睿即晋王位，次年即皇帝位，改年号太兴，定都建康，史称东晋。建康原本是东吴之地，江东士族的势力很大，所以有寄人国土之感。顾骠（piào）骑：顾荣，元帝镇守江东时任军司，加散骑常侍，死后

赠骠骑将军。全句意思为：晋元帝刚到江南的时候，对骠骑将军顾荣说道："寄居在他人的国土上，心中时常感到惭愧。"顾荣是江东士族首脑，声望显赫，所以元帝对他说这番话。

②耿、亳（bó）：商代成汤迁国都到亳邑，祖乙又迁到耿邑，盘庚再迁回亳邑。从成汤到盘庚，共迁都五次，所以说"无定处"。九鼎：传说夏禹铸造九鼎，象征九州，被奉为传国之宝，是权力的象征。成汤灭夏，迁九鼎于商邑，武王灭商，定都镐京，把九鼎迁到洛邑。全句意思为：顾荣跪下来对答道："臣听说，帝王以天下为家，因此商代的国君或者迁都耿邑，或者迁都亳邑，没有固定的地方，到周武王时，夏禹所铸的九鼎被搬到了洛邑。希望陛下您不要为迁都一事耿耿于怀。"

新亭对泣

过江诸人①，每至美日②，辄相邀新亭③，藉卉④饮宴。周侯⑤中坐而叹曰："风景不殊⑥，正自⑦有山河之异⑧！"皆相视流泪。唯王丞相⑨愀然变色曰："当共戮力王室，克复神州，何至作楚囚相对！⑩"

【注释】

①过江诸人：过江避难的北方士人。

②美日：风和日丽的日子。

③新亭：原是三国时吴国所筑，故址在今南京市南。

④藉卉（huì）：坐卧在草地上。卉，草的总称。

⑤周侯：周颛（yǐ），字伯仁，汝南安成（今河南汝南）人，担任过荆州刺史、尚书左仆射等职，因敢进忠言受到重用，后来被王敦杀害。

⑥殊：特殊，区别。

⑦正自：只是。

⑧山河之异：指北方广大领土已被各族占领。

⑨王丞相：王导（276—339），字茂弘，晋元帝即位后任丞相。

⑩戮力：并力，合力。今多作"勠力"。克复：用武力收复。神州：中国，这里指被攻陷的中原地区。楚囚：原指被俘的楚国人。据《左传·成公九年》记载，楚国伶人钟仪为晋国所囚，弹琴时奏楚声，表示不忘故旧。后来借指过江的士人仍然怀念中原，但只知悲戚，没有办法。全句意思为：大家应该为朝廷齐心合力，收复中原，哪里至于像囚犯似的相对哭泣呢！

挚瞻讽王敦

挚瞻①曾作四郡太守、大将军户曹参军，复出作内史，年始二十九。尝别王敦，敦谓瞻曰："卿年未三十，已为万石，亦太蚤。"②瞻曰："方于将军少为太早，比之甘罗已为太老。③"

【注释】

①挚瞻：字景游，西晋末在王敦的大将军幕府中任户曹参军，历任安丰、新蔡、西阳等郡太守，后与王敦言语不合，被贬为随

国内史（与太守相当）。

②王敦（266—324）：字处仲，琅玡临沂人，曾经与堂兄王导一起协助晋元帝司马睿建立东晋政权，此后担任过大将军、荆州刺史等职，是当时的权臣，但是一直想篡夺皇位，最终发动了政变，史称王敦之乱。在叛乱期间，王敦病逝。万石（dàn）：古时常由俸禄多少来表示官职等级，太守、内史都是二千石。挚瞻曾作四郡太守，现又作内史，共五郡，所以说万石。蚤：通"早"。全句意思为：挚瞻曾去向王敦告别，王敦对他说："你还不到三十岁，已经做了五任二千石的官，也太早了点吧。"

③方：相比。甘罗：战国时秦人，十二岁为秦相吕不韦的门客，主动请求出使赵国，说服赵王割五座城池给秦，因功被封为上卿。全句意思为：我同将军您相比，稍微早了一些，同甘罗相比，却太老了。

杨氏之子

梁国杨氏子九岁，甚聪惠①。孔君平②诣其父，父不在，乃呼儿出。为设果，果有杨梅。孔指以示儿曰："此是君家果。"儿应声答曰："未闻孔雀是夫子家禽。"③

【注释】

①聪惠：聪慧，聪明。

②孔君平：孔坦，字君平，累迁廷尉（掌管刑法），所以也称孔廷尉。

③夫子：对对方的尊称。这两句意思为：孔君平指着杨梅给孩子看，说道："这是你家的家果。"孩子应声回答说："我没听说过孔雀是先生家的家禽。"

齐庄智答

孙盛为庾公记室参军，从猎，将其二儿俱行，庾公不知。①忽于猎场见齐庄，时年七八岁，庾谓曰："君亦复来邪？"应声答曰："所谓'无小无大，从公于迈'。"②

【注释】

①孙盛：字安国，历任长沙太守、秘书监国，加给（jǐ）事中。他博学，善言，明理，反对神鬼迷信活动。庾公：庾亮（289—340），字元规，曾任征西大将军、荆州刺史，妹妹为明帝的皇后，死后被追赠为太尉。记室参军：官名，在王公、将军幕府中主管文书。全句意思为：孙盛任庾亮的记室参军，一次随着庾亮去打猎，把两个儿子也带去了，庾亮不知。

②齐庄：孙盛的次子，名孙放，字齐庄，后来官至长沙王相。无小无大，从公于迈：引自《诗经·鲁颂·泮水》，意思为：无论大小臣子，都跟着鲁僖公出游。这里齐庄以"大""小"来指大人、小孩，以"公"指庾亮，即无论大人还是小孩子都跟着您出游。全句意思为：庾亮忽然在猎场看见孙盛的次子、当时只有七八岁的齐庄，就问他："你也来了？"齐庄回答说："这就是《诗经》上所说的'无小无大，从公于迈'。"

廉者不求，贪者不与

庾法畅①造庾太尉②，握麈尾③至佳。公曰："此至佳，那得在？"法畅曰："廉者不求，贪者不与，故得在耳。"④

【注释】

①庾法畅：当作康法畅，东晋时的高僧。

②庾太尉：这里指庾亮。

③麈（zhǔ）尾：形状像羽扇，扇柄左右扎上麈尾（鹿类动物的尾毛），谈话时借助它来指画。魏晋人清淡时喜欢手执麈尾，以示风度的飘然洒脱。

④全文意思为：康法畅去拜访太尉庾亮，手里拿的麈尾极好。庾亮问道："这柄麈尾这样好，怎么还能留在你的手上呢？"康法畅说："廉洁的人不会向我索取，贪婪的人我不会给他，所以这麈尾才得以留下来。"

蒲柳之姿

顾悦①与简文②同年，而发蚤白。简文曰："卿何以先白？"对曰："蒲柳之姿③，望秋而落；松柏之质，经霜弥④茂。"⑤

【注释】

①顾悦：字君叔，官至尚书左丞。

②简文：简文帝。

③蒲柳：即水杨。因为它在秋天很早就凋零，所以人们常用它来比喻早衰的体质。姿：通"资"，资质。

④弥：更加。

⑤全文意思为：顾悦和简文帝年纪一般大，但是头发很早就变白了。简文帝问他："你的头发为什么比我的先白？"顾悦回答："蒲柳的资质差，一进入秋天就凋落了，我的体质就像蒲柳一样；而松柏则不然，它质地坚实，经历了秋霜反而越发茂盛，您就像松柏。"

年在桑榆

谢太傅语王右军曰："中年伤于哀乐，与亲友别，辄作数日恶。"①王曰："年在桑榆，自然至此，正赖丝竹陶写，恒恐儿辈觉，损欣乐之趣。"②

【注释】

①谢太傅：这里指谢安。王右军：王羲之（303—361），字逸少，琅玡临沂（今属山东）人，曾任江州刺史、右军将军、会稽内史。他同时也是著名的书法家，尤擅行书，为后世所推崇，被尊为"书圣"。哀乐：偏义复词，偏重于"哀"。全句意思为：谢安

对王羲之说:"人到中年,容易为了一些伤心事而伤感,每当与朋友分别,总有好几天都非常难过。"

②桑榆:晚年。太阳下山时,阳光只照着桑树、榆树的树梢,便用桑榆比喻黄昏,也用来比喻人的晚年。陶写:陶冶性情和抒发忧思。全句意思为:王羲之说:"人到晚年,出现这种情景是很自然的,只能借助音乐来陶冶情操,抒发心绪。只是常常担心子侄辈知道了,会减少欢乐的情趣。"

才若天之自高

王长史①与刘真长②别后相见,王谓刘曰:"卿更长进。"答曰:"此若'天之自高'耳。"③

【注释】

①王长史:王濛(309—347),字仲祖,任司徒左长史。晋哀帝靖皇后的父亲。

②刘真长:刘惔(tán),字真长,明帝的女婿,担任过丹阳尹等职。

③此若"天之自高"耳:语出《庄子·田子方》:"天之自高,地之自厚,日月之自明,夫何修焉。"意思是说,像天原本就高,地原本就厚,日、月原本就明亮,哪里用得着修饰呢!全句意思为:刘惔答道:"这就好像天那样,本来就是高的呀!"

王羲之论隐士

刘真长为丹阳尹，许玄度①出都②，就刘宿。床帷新丽，饮食丰甘。许曰："若保全此处，殊胜东山。"③刘曰："卿若知吉凶由人，吾安得不保此！"④王逸少在坐，曰："令巢、许遇稷、契，当无此言。"⑤二人并有愧色。

【注释】

①许玄度：许询，字玄度，幼年时被称为神童，长大后才思敏捷，成为东晋玄言诗的代表人物，是当时清谈家的领袖者之一。同样是清谈家的刘惔（刘真长）与许玄度交往密切，曾在郡中给他准备好住所，并且经常去拜访他。

②出都：到都城，魏晋南北朝文献中常用"出都"表示赴京的意思，而不是离开都城。

③东山：在今天的浙江上虞西南，风景秀丽，谢安曾经在此隐居过，是当时的名士向往的归隐之处。这两句意思为：刘惔准备的床帐崭新、华丽，饮食丰盛、可口。许玄度说："如果能够保住这个地方，就不必去东山隐居了。"

④全句意思为：刘惔说："你如果知道人可以决定自己的吉凶祸福，我又怎么可能不把这个地方保护好呢？"

⑤稷：后稷，周的始祖，尧时任稷官。契（xiè）：商的始祖，舜时为司徒，辅助大禹治水。全句意思为：当时王羲之也在座，他说："如果巢父、许由遇见稷和契，一定不会说这样的话。"这

两句话是批评刘惔和许询二人没有古代贤者的隐士之风，揭穿了当时一般的名士只是表面上漠视功名的虚伪。

谢道韫咏雪

谢太傅寒雪日内集①，与儿女讲论文义②。俄而雪骤③，公欣然曰："白雪纷纷何所似？④"兄子胡儿曰："撒盐空中差可拟。⑤"兄女曰："未若柳絮因风起。⑥"公大笑乐。即公大兄无奕女⑦，左将军王凝之⑧妻也。

【注释】

①内集：家里人聚会。

②文义：文章的道理。

③俄而：一会儿。骤：又大又急。

④"白雪"句意思为：白雪纷飞像什么？

⑤"撒盐"句意思为：好比把盐撒到了半空中。差：尚，略。

⑥"未若"句意思为：还不如说柳絮随风在空中飞舞。以上三句话都效仿了汉武帝"柏梁体"歌的句子，七言，每句都用韵。

⑦无奕女：谢安长兄谢奕的女儿谢道韫，后来嫁给王羲之的次子王凝之。她聪慧过人，才思敏捷，当时的人称她有"竹林七贤"的名士之风。《晋书》中记载："凝之弟献之尝与宾客谈议，词理将屈，道韫遣婢白献之曰：'欲为小郎解围。'乃施青绫步鄣自蔽，申献之前议，客不能屈（用青绫与外面宾客隔开，谢道韫在屏障之后替王献之答辩，客人都不能辩倒她）。"后来孙恩兵乱，

攻破会稽，谢道韫"举措自若，既闻夫及诸子已为贼所害，方命婢肩舆抽刃出门，乱兵稍至，手杀数人，乃被虏。其外孙刘涛时年数岁，贼又欲害之，道韫曰：'事在王门，何关他族！必其如此，宁先见杀。'恩虽毒虐，为之改容，乃不害涛"。

⑧王凝之：字叔平，王羲之次子，王献之的哥哥，工草书和隶书，东晋时历任江州刺史、左将军、会稽内史，孙恩破城后被杀。

支公好鹤

支公①好鹤，住剡东峁山，有人遗其双鹤。少时翅长欲飞，支意惜之，乃铩其翮。②鹤轩翥不复能飞，乃反顾翅垂头，视之如有懊丧意。林曰："既有凌霄之姿，何肯为人作耳目近玩？"养令翮成，置使飞去。③

【注释】

①支公：支遁，字道林，晋代著名僧人，二十五岁时出家，以好谈玄理著称。

②铩（shā）：摧残，使其伤残。翮（hé）：羽毛中间的茎状部分，这里指翅膀的羽毛。全句意思为：不久，小鹤翅膀长硬了，想飞起来，支道林舍不得它们离开，就剪短了它们的翅膀。

③轩翥（zhù）：飞举。后三句意思为：鹤高举翅膀却不能飞了，便回头看看翅膀，低垂着头，看起来好像很懊丧。支道林说："既然有资质直冲云霄，又怎肯给人做就近观赏的玩物呢？"于是喂养到翅膀再长好后，就把它们放走了。

枫柳何施

　　孙绰赋《遂初》，筑室畎川，自言见止足之分。^①斋前种一株松，恒自手壅治之。^②高世远时亦邻居，语孙曰："松树子非不楚楚可怜，但永无栋梁用耳！"孙曰："枫柳虽合抱，亦何所施？"^③

【注释】

　　①孙绰（314—371）：字兴公，是东晋士族中很有影响的名士，曾任永嘉太守、散骑常侍等职。《遂初》：《遂初赋》，孙绰在序中说，自己仰慕老子、庄子，向往隐居于山林。畎（quǎn）川：古地名，今址不详，一种说法认为是山谷间的平地。止足之分（fèn）：止足，语出《老子》，"知足不辱，知止不殆，可以长久"。止：适可而止。足：满足。分：本分。全句意思为：孙绰创作《遂初赋》来表明自己的志向，又在畎川修建了一所房子，居住在这里，说自己已经领悟了适可而止、知足常乐是一个人的本分。

　　②壅：培土。全句意思为：房前种着一棵小松树，他经常亲手培土、施肥和浇灌。

　　③高世远：高柔，字世远，官至冠军参军，擅长作诗。楚楚可怜：形容植物非常茂盛。文末两句的意思为：高柔这时正跟他做邻居，对他说："小松树不是不茂盛，只是永远不能用作栋梁罢了！"孙绰说："枫树、柳树虽然长得合抱那么粗，又有什么用呢？"

顾恺之得二婢

桓征西治江陵城甚丽，会宾僚出江津望之，①云："若能目此城者，有赏。②"顾长康③时为客在坐，目曰："遥望层城，丹楼如霞。④"桓即赏以二婢。

【注释】

①桓征西：桓温（312—373），字元子，谯国龙亢（今属安徽）人，晋明帝司马绍的女婿，东晋著名权臣，曾溯长江而上，剿灭盘踞在蜀地的"成汉"政权，因功升任征西大将军，封临贺郡公。后来三次出兵攻打前秦、后秦和前燕，取得了卓越的战功。公元361年起，桓温开始把持朝政，逼迫朝廷为其加九锡，欲篡位称帝，但由于第三次北伐中战败，势力减弱，同时受到朝中王、谢两家势力的牵制而没能如愿。后来，他的儿子桓玄建立了"桓楚"政权（403—410，被视为伪政权），追尊他为"楚宣武皇帝"。桓温一直以江陵为根据地，所以修建了江陵城。江陵：县名，在今湖北江陵。江津：指江边的渡口。这两节意思为：桓温把江陵修建得非常壮观，他聚集宾客来到江边渡口，眺望江陵的景色。

②目：看待，品评。这里意思为：谁如果能（恰当地）品评这座城，有奖赏。

③顾长康：顾恺之（约345—409），字长康，小名虎头，晋陵无锡（今属江苏）人，曾为桓温及殷仲堪参军，官至通直散骑常侍。他博学有才气，工诗赋、书法，尤善绘画，精于人像、佛像、

禽兽、山水等。可惜他的画作没有流传下来，相传其作品的摹本有《女史箴图》《洛神赋图》等。

④"遥望"两句意为：远远地眺望江陵城，高耸的城墙如昆仑之层城，红色的城楼如彩霞一般。层城：古代神话中昆仑山有层城九重，这里比喻江陵城。

孝武帝不依常理

简文崩，孝武年十余岁立，至暝不临。①左右启："依常应临。"帝曰："哀至则哭，何常之有！"②

【注释】

①孝武：晋孝武帝司马曜，简文帝的儿子，十一岁继简文帝登位。临（lìn）：哭丧。全句意思为：简文帝逝世，当时只有十多岁的司马曜被立为皇帝，他直到天黑了也不去哭丧。

②依常：按照惯例。全句意思为：侍从向他启奏说："按照惯例是应该哭的。"孝武帝说："悲痛到了一定程度自然就会哭，有什么惯例可依呢！"

芝兰玉树，生于阶庭

谢太傅问诸子侄："子弟亦何预人事，而正欲使其佳？"①诸人莫有言者，车骑②答曰："譬如芝兰玉树，欲使其生于阶庭耳。③”

【注释】

①预：参与，牵涉。正：只。全句意思为：太傅谢安问众子侄："子侄们同自己有什么关系，为什么一心想把他们培养得非常优秀呢？"

②车骑：谢玄（343—388），字幼度，陈郡阳夏（今河南太康）人，他有经国才略，而且善于治军，在淝水之战中表现出色，取得了以少胜多的巨大战果，死后被追赠为车骑将军，因此如此称呼他。

③芝兰：芝草和兰草，指芳香的草。玉树：传说中的仙树。芝兰玉树用来比喻才德兼备的优秀子弟。全句意思为：这就好比芝兰玉树这样好的芳草和佳木，人们总想让它们生长在自家的庭院之中。

顾恺之拜桓温墓

顾长康拜桓宣武①墓，作诗云："山崩溟海竭，鱼鸟将何依！②"人问之曰："卿凭重桓乃尔，哭之状其可见乎？"③顾曰："鼻如广莫长风，眼如悬河决溜。"或曰："声如震雷破山，泪如倾河注海。"④

【注释】

①桓宣武：桓温。

②溟：大海。本句意思为：高山崩裂，大海干涸，鱼儿和鸟儿将依靠什么呢！

③凭重：依靠、重视。顾恺之曾经在桓温手下任参军，得到桓温的赏识，所以对桓温心怀感激。全句意思为：有人问他说："你过去那么依靠、重视桓温，那么你可以向我们大概描述一下你凭吊桓温时是怎么痛哭的吗？"

④广莫：广漠，这里指广漠的原野。《淮南子·坠形训》："穷奇广莫，风之所生也。"北风也叫广莫风。悬河：形容瀑布，比喻河水奔流不息。决溜：指河堤决口，形容水流之急。这两句意思为：顾长康回答："我哭的时候，鼻息像旷野里的大风呼呼响，眼泪像瀑布一样倾泻而下。"还有一种说法："哭声像惊雷一样响彻山岳，眼泪像江河奔流入海一样流淌。"

司马道子戏谢重

司马太傅①斋中夜坐，于时天月明净，都无纤翳②，太傅叹以为佳。谢景重在坐，答曰："意谓乃不如微云点缀。"③太傅因戏谢曰："卿居心不净，乃复强欲滓秽太清邪？"④

【注释】

①司马太傅：司马道子（365—403），晋简文帝的幼子，封会稽王，任太傅。元兴元年（402），桓玄举兵东下，攻陷建康，司马道子被放逐，后被毒死。

②纤翳（yì）：微小的遮蔽，指云彩。

③谢景重：谢重，字景重，在司马道子手下任骠骑长史。全句意思为：当时谢景重也在座，回答说："我觉得倒不如有点云霞点缀，这样天空会更美。"

④淬秽：污秽；玷污。太清：天。全句意思为：司马道子和谢景重开玩笑说："你自己心地不干净，还硬要让这洁净的天空也被污染吗？"

贤贤易色

桓玄①诣殷荆州②，殷在妾房昼眠③，左右辞不之通。桓后言及此事，殷云："初不眠，纵有此，岂不以'贤贤易色'也？"④

【注释】

①桓玄（369—404）：字敬道，一名灵宝，桓温之子，东晋杰出将领、权臣，后来叛变，建立了桓楚政权，最后兵败被杀。

②殷荆州：殷仲堪担任过荆州刺史，故称。

③昼眠：午睡。

④贤贤易色：语出《论语·学而》："贤贤易色，事父母能竭其力，事君能致其身。"这句话有不同的理解，大意是指对妻子要重视品德，而不能过于重视容貌，后来指重贤德轻女色。全句意思为：桓玄后来谈起这事，殷仲堪说："我原本没有午睡，即使在休息，难道就不能像孔子所说的那样，做到'贤贤易色'吗？"

殷仲文献巧言

桓玄既篡位①后，御床②微陷，群臣失色③。侍中殷仲文进曰："当由圣德渊重，厚地所以不能载。"时人善之。④

【注释】

①桓玄既篡位：晋安帝于元兴元年（402）下诏讨伐桓玄，桓玄举兵东下建康，独揽朝政，杀会稽王司马道子。第二年，桓玄称帝，定国号为楚，并改年号为永始，废晋安帝为平固王。公元404年，大将刘裕等人起兵讨伐桓玄，桓玄兵败被杀。公元410年，桓楚政权灭亡。

②御床：皇帝用的坐、卧工具。

③失色：脸色因惊恐、愤怒等原因而改变。

④殷仲文：桓玄的姐夫。这两句意思为：侍中殷仲文上前说："这是因为陛下您德行深厚，以至于大地都承受不起。"当时的人很赞赏这句话。

灵运戴曲柄笠

谢灵运①好戴曲柄笠②，孔隐士③谓曰："卿欲希心高远，何不能遗曲盖之貌？④"谢答曰："将不畏影者未能忘怀？"⑤

【注释】

①谢灵运（385—433）：谢玄的孙子，曾任永嘉太守、临川内史，也曾在会稽隐居了一段时间。他喜欢遨游山水，以写山水诗著名。

②曲柄笠：一种帽子，笠上有柄，曲而后垂，绝似曲盖之形。

③孔隐士：孔淳之，南朝宋时人，曾隐居于上虞山，所以称他为隐士。

④希心：指有所仰慕之心。高远：指德行高尚、志向远大。曲盖：帝王、贵族出行时的一种仪仗，盖如伞状，柄呈弯曲状。孔淳之因为曲柄笠和伞盖形状很相像，用此来讽刺谢灵运内心没有忘掉荣华富贵。这一句的意思为：你如果内心真正仰慕德行高尚、志趣远大的人，为什么不能抛开曲盖的形状？

⑤将不：恐怕，莫非。畏影者：害怕自己影子的人。《庄子·渔父》中有一个寓言：一个人十分害怕自己的影子和足迹，为了甩开它们，他拼命地奔跑，可是脚步越多足迹越多，而且无论他跑得多快，影子都依旧跟着他，结果他在不停的加速快跑中力竭而死。谢灵运的意思是说，只有畏影者心里才有个影子，如果不想到富贵，又何谈害怕富贵的影子，恐怕孔隐士才是没能忘掉富贵的人。全句意思为：谢灵运回答说："恐怕是害怕影子的人一直对影子念念不忘吧！"

政事第三

【题解】

  政事，指政治事务。处理政务的能力是士大夫应该具有的，而且勤政爱民、以德化民、正己树人等为政准则，即使是在动荡的魏晋南北朝时期，也是一些优秀的管理者所重视的。

陈寔施政仁德

  陈仲弓为太丘长，有劫贼杀财主，主者捕之。^①未至发所，道闻民有在草不起子者，回车往治之。^②主簿曰："贼大，宜先按讨。"仲弓曰："盗杀财主，何如骨肉相残？^③"

【注释】

  ①陈仲弓：陈寔。财主：财货的主人。这一句的意思为：陈仲弓任太丘县县令时，有强盗劫财害命，主管官吏捕获了强盗。

  ②发所：出事地点，事发地点。在草：生孩子。草，草席，指产蓐。全句意思为：陈仲弓前去处理案件，还没有赶到出事地

点，半路上听说有一家人生下孩子不肯养育，于是掉转车头，赶过去处理这件事。

③"盗杀"句：骨肉相残是违逆天理人伦的大事，应该先予处理，而杀人只是违反常理的事。

元方巧答袁公

陈元方①年十一时，候袁公②。袁公问曰："贤家君在太丘，远近称之，何所履行③？"元方曰："老父在太丘，强者绥之以德，弱者抚之以仁，恣其所安，久而益敬。"④袁公曰："孤往者尝为邺令，正行此事。不知卿家君法孤，孤法卿父？"⑤元方曰："周公、孔子，异世而出，周旋动静，万里如一。周公不师孔子，孔子亦不师周公。"⑥

【注释】

①陈元方：陈寔的长子陈纪。

②袁公：所指不详。

③何所履行：都实行了什么措施。

④全句意思为：陈元方回答说："我的父亲在太丘时，用恩德宽慰强者，用仁义抚慰弱者，使他们都能够安居乐业，日子久了，人们就越来越敬重他了。"

⑤孤：在古代是王侯的自称，这里袁公自称为孤，可以推测他也许是王侯。全句意思为：袁公说："我曾经在邺县做过县令，也是用这种方法来治理百姓的。不知道是你父亲效法我，还是我

效法你的父亲呢？”

⑥全句意思为：陈元方说：“周公和孔子两个人生于不同的时代，而且在时间上相隔遥远，但是他们的礼仪举止依然如出一辙。周公没有效仿孔子，孔子也没有效仿周公。”

贺邵杀豪强

贺太傅①作吴郡，初不出门。吴中诸强族②轻之，乃题府门云：“会稽鸡，不能啼。③”贺闻，故出行，至门反顾，索笔足之曰：“不可啼，杀吴儿。”于是至诸屯邸，检校诸顾、陆役使官兵及藏逋亡，悉以事言上，罪者甚众。④陆抗时为江陵都督，故下请孙皓，然后得释。⑤

【注释】

①贺太傅：贺邵（226—275），字兴伯，会稽郡山阴县（今浙江绍兴）人，三国时吴国人，任吴郡太守，后升任太子太傅。

②吴中：原江苏省吴县一带，亦泛指吴地。强族：豪门大族。

③会稽鸡，不能啼：贺邵为会稽人，意在讽刺他徒有其表。

④屯邸：庄园。检校：查核。逋（bū）亡：逃亡。由于战乱频仍，赋役沉重，有许多流民都逃亡到士族大家中做苦工，官府也不敢查处。全句意思为：于是贺邵派人到各士族大户的庄园中去，核查顾姓、陆姓等世家大族奴役官兵和窝藏流民的情况，如实向朝廷做了汇报，因为此事而获罪的人非常多。

⑤陆抗（226—274）：字幼节，吴郡吴县人，三国时期吴国丞

相陆逊的二儿子，也是吴国的奠基者孙策的外孙，担任过镇军将军、大司马等职，被誉为吴国最后的名将。他死后没多久，吴国就被晋国消灭。下：当时陆抗所在的江陵在长江上游，孙皓所在的建业在下游，所以说"下"。孙皓（242—284）：三国时吴国的亡国君主，统治后期残暴且专于杀戮。公元280年晋兵攻陷建业，吴国灭亡，孙皓投降，四年后死于洛阳。全句意思为：当时陆抗正任江陵都督，也受到了牵连，于是专程到建业请求孙皓，这才得以保全。

山涛论进退

嵇康被诛后，山公举康子绍为秘书丞。[①]绍咨公出处[②]，公曰："为君思之久矣。天地四时，犹有消息[③]，而况人乎！"

【注释】

①嵇（jī）康（223—263）：字叔夜，任魏朝中散大夫，"竹林七贤"之一。他崇尚老庄哲学，反对司马氏的黑暗统治，后遭到诬害，被司马昭杀害。山公：指山涛（205—283），字巨源，与阮籍、嵇康等交游，"竹林七贤"之一，曾任尚书仆射、吏部尚书、司徒。秘书丞：秘书省的属官，掌管图书典籍。全句意思为：嵇康被杀害之后，山涛推荐嵇康的儿子嵇绍出任秘书丞一职。

②出处（chǔ）：出仕和退隐。嵇康是被晋文帝司马昭所杀，而山涛此时要推荐他的儿子嵇绍到朝中为官，嵇绍心中必然忐忑

不安。这一节意思为：嵇绍去和山涛商量到底要不要出任。

③消息：消长，减少和增长。

王承推仁政

王安期^①为东海郡，小吏盗池中鱼，纲纪^②推之^③。王曰："文王之囿，与众共之。池鱼复何足惜！"^④

【注释】

①王安期：王承（275—320），字安期，官至东海内史（在王国里，内史与太守相当）。

②纲纪：主簿（主管府中事务的官）。

③推之：追究这件事。

④文王：周文王。囿（yòu）：养禽兽的园子。《孟子·梁惠王下》中记载，周文王有个面积广大的园囿，允许百姓到那里边去打柴和狩猎。全句意思为：王安期说："贤德的周文王，他的园囿是和百姓共同使用的，如今池塘中的几条鱼又有什么可吝惜的呢！"

王承不责书生

王安期作东海郡，吏录^①一犯夜^②人来。王问："何处来？"云："从师家受书还，不觉日晚。"王曰："鞭挞宁越以立威名，恐非致理之本。"^③使吏送令归家。

【注释】

①录：拘捕。

②犯夜：触犯夜行禁令。当时的法律禁止夜间通行。

③甯（nìng）越：人名，战国时赵国人，原为农民，努力求学，十五年后成为周威公的老师，这里指读书人。致理：致治，实现太平，取得政绩。"理"当作"治"，唐代因为避唐高宗李治的讳而改成"理"字。全句意思为：王安期说："靠处罚读书人来树立威名，恐怕不是实现太平的真正办法。"

庾冰勤政

丞相尝夏月至石头看庾公^①，庾公正料事。丞相云："暑，可小简之。"庾公曰："公之遗事，天下亦未以为允。"^②

【注释】

①丞相：这里指王导。石头：石头城，位于今清凉山一带，孙权时修建，起到保护都城的作用，南京的别称"石头城"就来自这里。庾公：庾冰，字季坚，庾亮的弟弟，在平定叛乱时立有军功，后来继王导之后被任命为丞相。他勤于政务，死后家中没有过多的财产，为世人所称道。这一节意思为：一年夏天，丞相王导曾经到石头城去探望庾冰。

②遗事：留下事情（不处理）。这两句意思为：庾冰正在处理公事，王导说："天气热，政务可以稍为简省一些。"庾冰说："您

清静不办公，天下人也未必认为合适。"

谢安容逃民

谢公时，兵厮逋亡，多近窜南塘下诸舫中。^①或欲求一时搜索，谢公不许，云："若不容置此辈，何以为京都？"^②

【注释】

①谢公：这里指谢安。厮：服杂役的人。逋（bū）：逃亡。南塘：南岸，指秦淮河的南岸。全句意思为：谢安辅佐朝政时，兵丁与仆役逃亡的现象时有发生，他们大多数都躲藏在秦淮河南岸下游的船只里。

②一时：同时。全句意思为：手下人请求谢安同时搜捕这些人，谢安不答应，他说："如果不能容纳、安置这些人，又怎么能算是京都呢？"由于豪强并起，中原战乱频发，流离失所的百姓非常多，谢安认为不宜扰民，不应对他们过于苛刻，意图施行仁德的政策，因此不同意逮捕这些人。

文学第四

　　文学，是语言文字的艺术，又泛指学术。本篇所记载的，很多是有关清谈的活动，但其中展现了当时学术的盛况，也为后世研究魏晋思想提供了可以参考的资料。

婢女知书

　　郑玄①家奴婢皆读书。尝使一婢，不称旨，将挞之，方自陈说，玄怒，使人曳著泥中。②须臾，复有一婢来，问曰："胡为乎泥中？③"答曰："薄言往愬，逢彼之怒。④"

【注释】

　　①郑玄（127—200）：字康成，北海高密（今山东高密）人，东汉末年的经学大师，一生遍注儒家经典。

　　②称旨：合意。全句意思为：一次，郑玄差遣一个婢女做事，但事情做得令郑玄非常不称心，郑玄要打她。她刚要说明事情的经过，郑玄就发怒了，叫人把她拉到泥水里。

　　③胡为乎泥中：引自《诗经·邶风·式微》："式微，式微，

胡不归？微君之躬，胡为乎泥中？"这是黎侯在卫国流亡期间随从劝他回国的话，在这里是直译，意思为：你怎么会在泥水之中？

④薄言往愬（sù），逢彼之怒：引自《诗经·邶风·柏舟》："亦有兄弟，不可以据。薄言往愬，逢彼之怒。"写女子表达她不为丈夫所容，找兄弟诉说又正值其发怒。这里意思为：我去诉说时，正好赶上他怒火冲天。薄言，发语词，无义。愬，同"诉"。

服虔匿名偷学

服虔既善《春秋》，将为注，欲参考同异。①闻崔烈集门生讲传，遂匿姓名，为烈门人赁作食。②每当至讲时，辄窃听户壁间③。既知不能逾己，稍共诸生叙其短长。烈闻，不测何人，然素闻虔名，意疑之。明蚤往，及未寤，便呼："子慎！子慎！"虔不觉惊应，遂相与友善。④

【注释】

①服虔：字子慎，河南荥阳人，东汉经学家，曾任尚书侍郎、高平令、九江太守。全句意思为：服虔对《左传》很有研究，将要给它做注释，想参考一下各家的不同观点。

②崔烈：字威考，汉灵帝时官至司徒、太尉，封阳平亭侯。门生：学生，与下文的"门人"意思相同。赁（lìn）：用人。全句意思为：听说崔烈在给学生们讲授《左传》，就隐姓埋名，假扮成佣人，负责给他们做饭。

③户壁间：门外。

④"烈闻"至文末意思为：崔烈听说了此事以后，想不出是什么人，可是很早就听说过服虔的名声，暗暗猜测应该是他。于是，第二天清早，在服虔还没有睡醒时，崔烈就来到了他的住处，突然大喊："子慎！子慎！"服虔惊醒，在蒙眬中答应了，从此两个人就结为好友。

何晏尊王弼

何平叔①注《老子》②始成，诣王辅嗣③。见王注精奇，乃神伏，④曰："若斯人，可与论天人之际矣。"因以所注为《道》《德》二论。⑤

【注释】

①何平叔：何晏，字平叔，三国时期的玄学家，曹操的女婿，官至吏部尚书，后被司马懿所杀。

②《老子》：相传是春秋时代老聃（dān，姓李名耳，字聃）所著，分为《道经》和《德经》两篇，后世又称为《道德经》，所以下文有"道德二论"的说法。

③王辅嗣：王弼，字辅嗣，能言善辩，是魏晋玄学的主要开创者之一。

④神伏：倾心佩服。这两节意思为：看见王辅嗣的《老子注》见解精彩奇妙，心中非常佩服。

⑤天人之际：指天道和人道。这两句意思为：何平叔说："像

这样的人，可以和他谈论天人关系这个问题。"于是把自己的注释命名为《道》《德》二论。

王衍拒客

中朝①时有怀道之流②，有诣王夷甫③咨疑者。值王昨已语多，小极，不复相酬答，④乃谓客曰："身今少恶，裴逸民亦近在此，君可往问。"⑤

【注释】

①中朝：指西晋。东晋南渡后，称西晋为中朝，因其都城位于中原地区。

②怀道之流：指向往道家玄学的一类人。

③王夷甫：王衍（256—311），字夷甫，历任中领军、中书令、尚书令，位至三公。他善谈老庄，擅长玄学，又有很高的社会地位，因此成为当时清谈玄学的代表人物。永嘉四年（310），石勒、王弥等进逼洛阳，第二年，石勒轻骑追袭至苦县宁平城（今河南郸城东北），晋军全军覆没。王衍被俘，后被石勒活埋。

④全句意思为：当时碰巧赶上王衍前一天已经讲了很多话，感到疲乏，不想再和客人应酬。

⑤裴逸民：裴頠（péi wěi，267—300），字逸民，西晋哲学家，曾任散骑常侍、尚书左仆射等职。全句意思为：王衍便对客人说："我今天身体有些不舒服，裴逸民就住在我家附近，您可以去咨询他。"

卫玠冥思成疾

卫玠^①总角^②时，问乐令^③梦，乐云："是想。"卫曰："形神所不接而梦，岂是想邪？"^④乐云："因也。未尝梦乘车入鼠穴，捣齑啖铁杵，皆无想无因故也。"^⑤卫思"因"经日不得，遂成病。乐闻，故命驾^⑥为剖析之，卫即小差^⑦。乐叹曰："此儿胸中当必无膏肓之疾。"^⑧

【注释】

①卫玠（286—312）：字叔宝，河东安邑（今属山西）人，风采极佳，有"玉人"之称，为众人所仰慕，也是魏晋之际著名的清谈名士、玄理学家，曾任太子洗马，所以又称卫洗马。

②总角：未成年的人，头发扎成抓髻，叫总角，借指幼年。

③乐令：这里指乐广。

④全句意思为：卫玠说："形体与精神都没有直接接触过的也会入梦，这哪里是心有所想呢？"

⑤齑（jī）：切成碎末的菜或肉。全句意思为：乐广说："想的只是有关联的事。人们从来不会梦见自己坐车进入老鼠洞，或者把菜捣碎却吃下铁杵，这都是因为人们平时没有这些想法，这些事情之间也没有关联而已。"

⑥命驾：吩咐人驾车，即坐车前往。

⑦差（chài）：通"瘥"，病好了。

⑧膏肓：心尖脂肪叫膏，心脏和隔膜之间叫肓。古人认为这

是药力达不到的部位，病入膏肓就没法医治了。全句意思为：乐广感慨道："这孩子心里一定不会有无法解答的疑难。"

庾敳读《庄子》

庾子嵩①读《庄子》，开卷一尺许②便放去③，曰："了不异人意。④"

【注释】

①庾子嵩：庾敳（ái），字子嵩，自称是老子、庄子这一类人。

②一尺许：一尺左右。唐代之前的书多为卷轴，读时展开，不读时卷起来收藏，所以可以计算长度。

③放去：放下。

④了：全。全句意思为：和我的想法完全相同。

乐令清谈

客问乐令"旨不至"者①，乐亦不复剖析文句，直以麈尾柄确几②曰："至不？"客曰："至。"乐因又举麈尾曰："若至者，那得去？"于是客乃悟服。③乐辞约④而旨达，皆此类。

【注释】

①旨不至：这句话出自《庄子·天下》，原文为"指不至，至不绝"。旨同"指"，即事物的名称、概念。至：到达。对这句话，有各种不同的理解，一般理解为：了解了一个物体的表面，并不能达到它的实质，即使是达到了实质，却也不能穷尽它。全句意思为：有客人问乐广"旨不至"是什么意思。

②确几（jī）：敲着小桌子。

③全句意思为：乐广于是又举起麈尾说："如果达到了，怎能离开呢？"这时客人才醒悟过来，表示信服。乐广以麈尾敲击几案，想用来说明所谓至其实并没有达到事物的实质，只是像麈尾触碰桌面一样，仅仅触碰到了表面而已。

④约：简约，简要。

裴遐语惊四座

裴散骑①娶王太尉②女。婚后三日，诸婿大会，当时名士，王、裴子弟悉集。郭子玄在坐，挑与裴谈。③子玄才甚丰赡，始数交，未快；郭陈张甚盛，裴徐理前语，理致甚微，四坐咨嗟称快。④王亦以为奇，谓诸人曰："君辈勿为尔，将受困寡人女婿。"⑤

【注释】

①裴散骑：裴遐，字叔道，任散骑郎，他善谈名理，谈吐非

常风雅。

②王太尉：这里指王衍。

③郭子玄：郭象，字子玄，是西晋时代著名的唯心主义哲学家。坐：通"座"，座位。挑：挑头，领头。全句意思为：郭象也在座，他带头和裴遐辩论玄理。

④丰赡：富足，这里指才学深厚、知识广博。陈张：铺陈。全句意思为：郭象才识渊博，刚交锋几个回合时还没有令人拍手称快之处；后来他铺陈张扬，论证得很充分，而裴遐则一副不紧不慢的样子，把前面谈过的话题梳理了一下，无论在义理还是情趣方面，都精妙独到。满座的宾客赞叹不已，一致叫好。

⑤寡人：在秦始皇之前是君主自称，后来被封诸侯王者也可以自称为寡人。全句意思为：王衍也为之称奇，于是对大家说："各位不要再辩论下去了，否则就要被我的女婿难倒了。"

殷浩能清言

谢镇西①少时，闻殷浩②能清言，故往造之。殷未过有所通，为谢标榜诸义，作数百语，既有佳致，兼辞条丰蔚，甚足以动心骇听。③谢注神倾意，不觉流汗交面④。殷徐语左右："取手巾与谢郎拭面。"

【注释】

①谢镇西：谢尚，字仁祖，谢鲲的儿子，官至镇西将军、豫州刺史。

②殷浩：字渊源，官至扬州刺史、中军将军。

③过：过分。通：陈述，阐发。标榜：提示。佳致：举止言谈有风雅。辞条：言辞。全句意思为：殷浩没有做过多的阐发，只是跟谢尚说了很多话，揭示了很多的义理，不但言谈举止风雅得体，而且辞藻丰富，令人既激动又感到惊讶。

④流汗交面：汗水在脸上交织。

孙盛诘殷浩

孙安国①往殷中军②许③共论，往反精苦，客主无间④。左右进食，冷而复暖者数四⑤。彼我奋掷麈尾，悉脱落，满餐饭中，宾主遂至莫忘食。⑥殷乃语孙曰："卿莫作强口马，我当穿卿鼻！"⑦孙曰："卿不见决鼻牛，人当穿卿颊！"⑧

【注释】

①孙安国：孙盛。

②殷中军：指殷浩。殷浩曾经担任过中军将军，因此这样称呼他。

③许：处所。

④无间（jiàn）：没有空隙、漏洞，也形容人关系亲密。

⑤数四：反复，三番五次，指饭热了又凉好几次。

⑥莫：同"暮"。全句意思为：双方奋力挥舞着麈尾，以致麈尾的毛都脱落下来，掉落在饭菜上。一直到了傍晚，宾主二人竟

然也没想起吃饭的事情来。

⑦全句意思为：殷浩便对孙安国说："你不要做不肯套上嚼子的犟嘴马，我就要穿你鼻子了！"马套嚼子牛穿鼻，这是一个常识，但殷浩却说孙盛是犟嘴马，并且要穿他的鼻子，可见他一时急不择言，说错话了。

⑧全句意思为：孙盛说："你没有见过挣断鼻缰绳的牛吗？人家要穿你的面颊了。"牛虽然穿鼻，但可以挣脱鼻绳，而马套嚼子就很难逃脱。孙盛以决鼻牛自比，还要给殷浩套上嚼子，是利用了殷浩的口误，反过来把殷浩比作犟嘴马了。

王坦之答支道林

支道林造《即色论》，论成，示王中郎，中郎都无言。支曰："默而识之乎？"①王曰："既无文殊，谁能见赏？"②

【注释】

①支道林：支遁。王中郎：王坦之，字文度，曾任中书令，兼任北中郎将，以及徐、兖二州刺史。默而识（zhì）之：把它默记在心。从段首到"默而识之乎"的意思为：支道林和尚写了《即色论》，写好之后拿给北中郎将王坦之看，王坦之什么也没说。支道林说："你是默记在心了吧？"

②文殊：文殊菩萨。《维摩诘经》中说：维摩诘问众位菩萨，如何入不二法门，文殊谈论完之后反问维摩诘，此时维摩诘默然无言，文殊叹道："奇哉奇哉，乃至无有文字语言，是真入不二法

门！"王坦之的意思是，维摩诘虽然沉默不语，但是文殊菩萨还是领悟到了他的意思，如今既然已经没有文殊菩萨了，又有谁能明白我的沉默呢。王坦之的沉默，实际上表示他并不欣赏支道林的著作。全句意思为：王坦之说："既然没有人像文殊菩萨一样有智慧，又有谁能够得到赏识呢？"

王羲之听支道林谈玄

王逸少①作会稽②，初至，支道林在焉。孙兴公③谓王曰："支道林拔新领异，胸怀所及乃自佳，卿欲见不？"王本自有一往隽气，殊自轻之。后孙与支共载往王许，王都领域，不与交言。须臾支退。④后正值王当行，车已在门，支语王曰："君未可去，贫道与君小语。"因论《庄子·逍遥游》，支作数千言，才藻新奇，花烂映发。⑤王遂披襟解带⑥，留连不能已。

【注释】

①王逸少：王羲之。

②作会稽：在会稽任职。

③孙兴公：孙绰。

④隽气：超人的气质。隽，通"俊"。领域：指与别人界限分明。"王本自"到"支退"句的意思为：王羲之本来就有超凡脱俗的气质，心中对支道林十分不屑。后来，孙绰和支道林一起乘车来到王羲之的住所，王羲之对支道林非常冷淡，不跟他交谈。不

一会儿，支道林就主动告退了。

⑤全句意思为：于是，支道林谈论起《庄子·逍遥游》来，他的议论洋洋洒洒，才气尽现，才思奇特，文采斐然，好比繁花绽放，交相辉映。

⑥披襟解带：即宽衣解带，指脱下衣服。

谢安嫂慷慨陈词

林道人①诣谢公②，东阳③时始总角，新病起，体未堪劳，与林公讲论，遂至相苦。母王夫人在壁后听之，再遣信④令还，而太傅留之。王夫人因自出，云："新妇⑤少⑥遭家难⑦，一生所寄，唯在此儿。"因流涕抱儿以归。谢公语同坐曰："家嫂辞情慷慨，致可传述，恨不使朝士见！⑧"

【注释】

①林道人：即支道林，下文又称"林公"。

②谢公：谢安，下文又称"太傅"。

③东阳：谢朗，谢安的侄儿，官至东阳太守，因此这样称呼他。

④信：送信的人，这里指传话的人。

⑤新妇：古代妇女谦称自己。

⑥少：年少，年轻。

⑦家难：家里的不幸遭遇，这里指丈夫死了。

⑧致：同"至"，最。全句意思为：我家嫂夫人言辞、情意都很感人，非常值得颂扬，恨不能让朝中官员听见。

林道人赞谢玄

谢车骑①在安西②艰③中，林道人往就语，将夕乃退。有人道上见者，问云："公何处来？"答云："今日与谢孝剧谈一出来。"④

【注释】

①谢车骑：这里指谢玄。

②安西：谢奕。他曾经担任过安西将军，因此这样称呼他。

③艰：指父母之丧。

④谢孝：谢玄在服丧期间的代称，即谢孝子。一出：一番，一次。来：语气词。全句意思为：支遁答道："今天与谢孝子畅谈了一番，从他那儿回来的。"

刘惔发名通之论

殷中军①问："自然无心于禀受②，何以正③善人少，恶人多？"诸人莫有言者。刘尹④答曰："譬如写水著地，正自纵横流漫，略无正方圆者。⑤"一时绝叹，以为名通⑥。

【注释】

①殷中军：这里指殷浩。

②禀受：赋予某种天性、禀赋。

③正：正好，刚好。

④刘尹：刘惔。他曾经担任过丹阳尹，因此人称他为刘尹。

⑤写："泻"的古字，倾泻、流漫、流淌。全句意思为：这就像把水倾泻在地上，水只是自然而然地向四周流淌，绝没有恰好是方形或圆形的。

⑥名通：名言通论，指精妙通达的解释。

康僧渊展才华

康僧渊初过江，未有知者，恒周旋市肆，乞索以自营。①忽往殷渊源许，值盛有宾客，殷使坐，粗与寒温②，遂及义理。语言辞旨③，曾无愧色，领略粗举④，一往参诣⑤，由是知之。

【注释】

①康僧渊：西域僧人，曾和殷浩谈论过佛经义理。市肆：市场，集市。营：营生，谋生。全句意思为：康僧渊刚到江南的时候，只是一个名不见经传的人，只能出入于集市，靠乞讨过活。

②寒温：寒暄，见面时谈论天气冷暖之类的话题，是交际中的一种客套话。

③辞旨：言辞的意趣。

④粗举：粗略地阐释。

⑤一往参诣：一下子就进入了至高境界。参，探究和领会。

王苟子词穷

僧意①在瓦官寺中，王苟子②来，与共语，便使其唱理③。意谓王曰："圣人有情不？"王曰："无。"重问曰："圣人如柱邪？"王曰："如筹算，虽无情，运之者有情。④"僧意云："谁运圣人邪？"苟子不得答而去。⑤

【注释】

①僧意：东晋僧人，生平不详。

②王苟子：王脩，字敬仁，小名苟子。

③唱理：领头提出义理。

④全句意思为：像算盘，虽然它本身没有感情，但是运用它的人有感情。筹算：算筹，算盘，古代的计算工具。

⑤全句意思为：僧意又问："那么，运用圣人的又是谁呢？"王脩无言以对，就离开了。

殷仲堪叹羊孚

羊孚弟①娶王永言②女，及王家见婿，孚送弟俱往。时永言父东阳③尚在，殷仲堪是东阳女婿，亦在坐。孚雅④善理义⑤，乃与仲堪道《齐物》⑥，殷难⑦之。羊云："君四番后当得见同。"殷笑曰："乃可得尽，何必相同。"⑧乃至四番后一^⑨通^⑩。殷咨嗟曰："仆便无以相异！"叹为新拔者久之。^⑪

【注释】

①羊孚弟：羊孚的弟弟。羊孚，字子道，泰山南城（今属山东）人，桓玄的智囊。他的弟弟羊辅，字幼仁，官至卫军功曹。

②王永言：王讷之，字永言，曾任尚书左丞，御史中丞。

③东阳：这里指王讷之的父亲王临之，他曾经担任过东阳太守，因此这样称呼他。

④雅：很，甚。

⑤理义：理和义，这里指辨析名理的学问。

⑥《齐物》：《齐物论》，《庄子》中的一篇。

⑦难：驳难，辩驳以使其感到为难。

⑧乃：而，表示上下句的连接。这两句的意思为：羊孚说："经过四个回合之后，您将看到我们的见解是相同的。"殷仲堪笑着说："只能说尽量辩论到底，为什么一定要相同呢！"

⑨一：竟然，表示事情出乎意料。

⑩通：相通。

⑪咨嗟：叹息，赞叹。新拔：新颖突出。这两句的意思为：殷仲堪叹息道："这样的话，我确实没有异议了！"并且久久地赞叹羊孚是后起之秀。

七步之诗

文帝①尝令东阿王②七步中作诗，不成者行大法③。应声便为诗曰："煮豆持作羹④，漉⑤菽⑥以为汁。萁⑦在釜下然⑧，豆在釜中泣。本自同根生，相煎何太急！"帝深有惭色。

【注释】

①文帝：魏文帝曹丕，曹操的儿子，逼迫汉献帝退位，自立为帝，建立曹魏政权。

②东阿王：曹植，字子建，曹操的儿子，与曹丕同为卞太后所生，天资聪敏，是杰出的诗人，深受曹操宠爱。曹丕登上帝位后，曹植饱受压迫，一再被贬爵徙封，最后抑郁而终。他又被封为陈王，谥号为思，因此后世也称之为陈思王。

③大法：大刑，重刑，这里指死刑。

④羹：有浓汁的食品。

⑤漉（lù）：过滤。

⑥菽（shū）：豆类的总称。

⑦萁（qí）：豆茎。

⑧然：通"燃"，燃烧。

阮籍文不加点

魏朝封晋文王①为公，备礼九锡②，文王固让不受③。公卿将校④当诣府敦喻⑤，司空郑冲⑥驰遣信就阮籍⑦求文。籍时在袁孝尼家，宿醉扶起，书札为之，无所点定，乃写付使。⑧时人以为神笔。

【注释】

①晋文王：司马昭（211—265），字子上，司马懿的次子，任大将军，西晋王朝的奠基人之一，死后谥为文王。他的儿子司马炎建立晋朝后，追尊他为文帝。

②九锡：古代天子对立有大功的诸侯和大臣加以九锡，即赏赐车马、衣服、乐器等九种礼物。西汉末年王莽篡位之前，先加九锡。东汉末年曹操掌权后，献帝也为其加九锡，于是加九锡就被历代篡权者沿用，演变成篡位的前奏。

③固让不受：魏帝曹髦（máo）被迫封司马昭为晋公，并为其加九锡，司马昭虚让，不肯接受。曹髦气愤地说："司马昭之心，路人所知也。"到魏元帝景元年间，又封司马昭为晋公，再次加九锡，司马昭又假意谦让，于是朝臣纷纷劝进，司马昭这才接受，后来又晋爵为王。

④公卿将校：指朝廷中高级文武官吏。

⑤敦喻：恳切劝说，即劝进。

⑥郑冲（？—274）：字文和，荥阳开封（今河南开封）人，

西晋初年的儒学家，担任过尚书郎、司空、司徒等职，晋爵寿光公，死后被追赠为太傅。

⑦阮籍（210—263）：字嗣宗，陈留尉氏（今河南开封）人，阮瑀之子，曾任步兵校尉，所以世称阮步兵，曹魏末年著名诗人，"竹林七贤"之一。他谈玄学，纵酒，行为狂放不羁，不拘礼法，对司马氏掌权下严酷的政治斗争和黑暗统治持消极抵抗的态度。

⑧袁孝尼：袁准，晋武帝泰始中官给事中。点定：修改。全句意思为：当时阮籍正在袁孝尼家，他前一天饮酒大醉，此时还没醒，被人扶了起来，在木札上书写草稿，写完了一字未改，抄好之后就交给了来使。

皇甫谧荐左思

左太冲①作《三都赋》②初成，时人互有讥訾③，思意不惬。后示张公④，张曰："此二京⑤可三⑥，然君文未重于世，宜以经高名之士。"思乃询求于皇甫谧⑦。谧见之嗟叹，遂为作叙。于是先相非贰⑧者，莫不敛衽⑨赞述⑩焉。

【注释】

①左太冲：左思，字太冲，晋代诗人，他曾用十年时间写成《三都赋》，洛阳为之纸贵。

②《三都赋》：分为《魏都赋》《蜀都赋》《吴都赋》，对魏都邺城、蜀都成都、吴都建业的山川、风俗、物产等进行了描写。

③讥訾（zǐ）：讥笑非难。

④张公：这里指张华。

⑤二京：指东汉班固所作的《两都赋》和张衡所作的《二京赋》。东汉文学家、科学家张衡仿照班固的《两都赋》作《二京赋》。两都、二京皆指汉代的西都长安和东都洛阳。

⑥三：用为动词，成为三。

⑦皇甫谧（mì）：字士安，博览解书，著有《高士传》，名望很高，晋武帝时朝廷屡次征召他做官，他都不肯出仕。

⑧非贰：非难，非议。

⑨敛衽（rèn）：整理衣襟以表敬意。

⑩赞述：赞美，称述。

孙楚文吊亡妻

孙子荆①除妇服②，作诗以示王武子③。王曰："未知文生于情，情生于文？④览之凄然，增伉俪之重。"

【注释】

①孙子荆：孙楚，字子荆，在晋惠帝当政初期任冯翊太守。

②除妇服：按照当时的礼法，男子应为亡妻服丧一年，期满之后才能脱去丧服，称为除妇服。

③王武子：王济，字武子，太原晋阳人，大将军王浑次子，晋武帝的女婿，历任中书郎、太仆。他好弓马，勇力绝人，性情忌刻，崇尚豪侈的生活。

④全句意思为：情文相生，文情交融，难以分辨到底是文章写得好还是作者感情深。

妙句神超形越

郭景纯①诗云:"林无静树,川无停流。②"阮孚③云:"泓峥④萧瑟⑤,实不可言⑥。每读此文,辄觉神超形越。"

【注释】

①郭景纯:郭璞(276—324),字景纯,河东闻喜(今属山西)人,词赋被认为是当时之冠,精通阴阳五行卜筮之术。西晋末年,郭璞为避乱而南渡,后来在将军王敦手下任记室参军,公元324年因为力阻王敦谋逆而被杀害。

②这一句意思为:山林中不会有静止不动的树木,江河中不会有停滞不前的水流。

③阮孚:字遥集,阮咸次子,为人放荡不羁,喜欢喝酒,是饮酒史上"兖州八伯"之中的"诞伯"。

④泓(hóng)峥:水深山高。

⑤萧瑟:风吹树木发出的声音。

⑥不可言:不能言,难以形容。

屋下架屋

庾仲初①作《扬都赋》成,以呈庾亮。亮以亲族之怀,大为其名价,云可三②二京,四③三都。于此人人竞写,都下④纸为之贵。谢太傅⑤云:"不得尔。此是屋下架屋⑥耳。事事拟学,而不免俭狭⑦。"

【注释】

①庾仲初：庾阐，字仲初，和太尉庾亮同宗族。

②三：成为三，与之呈三足鼎立之势。

③四：与之并列为四，和上文的"三"用法相同。

④都下：都城，京城。

⑤谢太傅：这里指谢安。

⑥屋下架屋：比喻结构、内容重复，只知模仿，毫无新意。

⑦俭狭：内容贫乏，思想狭隘。

孙绰品文

孙兴公①云："潘②文烂若披锦，无处不善；陆③文若排沙简金④，往往见宝。"⑤

【注释】

①孙兴公：孙绰。

②潘：这里指潘岳（247—300），字安仁，后人又称他为潘安。他仪态俊秀，擅长文辞，受到当时人的赞美，后人用"貌若潘安"来形容男子相貌英俊。

③陆：这里指陆机（261—303），字士衡，东吴名将陆逊的孙子、陆抗的儿子，西晋时著名的文学家，担任过平原内史等职，后来被司马颖所杀。晋武帝末年时，陆机与弟弟陆云一同到洛阳，文才名动一时。

④排沙简金：即披沙拣金，比喻从大量的事物中挑选精华。

⑤全文意思为：孙兴公说："潘岳的文章好像披上锦绣一样，文采斑斓，处处都非常精妙；陆机的文章如同拨开沙子筛选金子，常常能看到珍宝。"

文如碎金

桓公①见谢安石作简文谥议②，看竟，掷与坐上诸客曰："此是安石碎金③。"

【注释】

①桓公：这里指桓温。

②简文谥议：晋帝司马昱死后，大臣们呈上的为他确定谥号的奏章，最终定其谥号为简文皇帝。议是一种文体，是呈给皇帝议论事情的奏章。

③碎金：零碎的金子，比喻优美的短文佳作。

袁宏因文遇险

袁宏始作《东征赋》，都不道陶公。①胡奴②诱之狭室③中，临以白刃，曰："先公勋业如是，君作《东征赋》，云何相忽略？"宏窘蹙无计，便答："我大道公，何以云无？"因诵曰："精金百炼，在割能断。功则治人，职思靖乱。④长沙之勋，为史所赞。"

【注释】

①袁宏：字彦伯，后来任谢尚的参军，累迁大司马桓温府记室参军、东阳太守。陶公：陶侃，封长沙郡公，所以下文称其为"长沙"。全句意思为：袁宏当初写《东征赋》的时候，并没有在文中提到陶侃。陶侃不是士族出身，而属于寒门，可能是因为门户之见，袁宏才没有在文中提及陶侃。

②胡奴：陶侃的儿子陶范，小名胡奴。

③狭室：密室。

④这两句意思为：真金经过千锤百炼能够割断任何东西。（长沙郡公的）功德是平定叛乱，使人安居乐业。

顾恺之论《筝赋》

或问顾长康①："君《筝赋》何如嵇康《琴赋》？"顾曰："不赏者，作后出相遗；深识者，亦以高奇见贵。②"

【注释】

①顾长康：顾恺之。

②见贵：被认为珍贵。全句意思为：不会鉴赏的人，会认为我写的赋是后问世的，于是遗弃它；有见识的人，则会认为它非常奇特，并因此而推崇它。

方正第五

【题解】

　　方正，指正直。人的品德正直不阿，是古代君子的美德之一。本篇主要记载了魏晋名士们不畏强权、敢于直言，甚至舍身取义的故事。

陈元方幼而明礼

　　陈太丘①与友期②行，期日中③。过中不至，太丘舍去，去后乃至。元方④时年七岁，门外戏。客问元方："尊君⑤在不？"答曰："待君久不至，已去。"友人便怒，曰："非人哉！与人期行，相委⑥而去。"元方曰："君与家君期日中，日中不至，则是无信；对子骂父，则是无礼。"友人惭，下车引⑦之，元方入门不顾。

【注释】

　　①陈太丘：陈寔。

　　②期：约定时间。

　　③日中：日到中天，中午。

④元方：陈纪，陈寔长子。

⑤尊君：尊父，尊称对方的父亲。

⑥委：抛弃。

⑦引：招引，意在讨好对方。

义形于色

魏文帝受禅①，陈群②有戚容③。帝问曰："朕应天受命④，卿何以不乐？"群曰："臣与华歆服膺先朝⑤，今虽欣圣化⑥，犹义形于色⑦。"

【注释】

①受禅（shàn）：接受禅让帝位，指曹丕称帝。公元220年，曹丕废汉献帝为山阳公，自称皇帝。

②陈群：字长文，陈寔的孙子，曹操属官，曹丕时官至尚书令，封颍乡侯。

③戚容：忧伤的神色。

④应天受命：指顺应天意登上帝位。

⑤服膺先朝：指不忘汉朝。陈群和华歆都曾经是东汉王朝的臣子，所以表示不忘汉室之恩。服膺，谨记在心中。

⑥圣化：圣明的教化。

⑦义形于色：不忘旧主之情，并表现在脸上。

和峤直言进谏

和峤为武帝①所亲重，语峤曰："东宫顷似更成进，卿试往看。②"还，问："何如？"答云："皇太子圣质③如初。"

【注释】

①武帝：这里指晋武帝司马炎。

②东宫：太子居住的宫室，这里用来称太子司马衷。顷：最近。卿试往看：司马衷一直被认为愚笨而无能，和峤多次向晋武帝进谏，担心太子不能继承国家大业，武帝不以为然。全句意思为：太子最近好像更成熟了，有了长进，你去看一下。

③圣质：资质。"圣"字是敬辞。

王济讥武帝

武帝语和峤曰："我欲先痛骂王武子①，然后爵之。"峤曰："武子俊爽，恐不可屈。"帝遂召武子，苦责之，因曰："知愧不？②"武子曰："尺布斗粟之谣③，常为陛下耻之！它人能令疏亲，臣不能使亲疏，以此愧陛下。④"

【注释】

①王武子：王济。

②知愧不：晋武帝曾命一母所生的弟弟齐王司马攸离开京都回到封国去，王济极力劝谏，触怒了晋武帝，因此被责，并被降

职，所以晋武帝问他："知愧不？"

③尺布斗粟之谣：《史记·淮南衡山列传》中记载，汉文帝以谋反罪流放了自己的弟弟淮南王刘长，刘长在流放途中绝食身亡。当时有一首民歌唱道："一尺布，尚可缝；一斗粟，尚可春。兄弟二人，不能相容。"汉文帝和淮南王是兄弟，晋武帝和齐王也是兄弟，王济引用了这首民谣，意欲讽刺晋武帝不顾手足之情。

④"它人"句：说的是反话，意谓未能顺从武帝意旨变亲为疏，所以有愧，讽刺武帝不听劝谏。

和峤独自登车

晋武帝时，荀勖①为中书监②，和峤为令。故事③，监、令由来共车。峤性雅正④，常疾勖谄谀。后公车来，峤便登，正向前坐，不复容勖。勖方更⑤觅车，然后得去。监、令各给车自此始。⑥

【注释】

①荀勖（xù，？—289）：字公曾，颖川颍阴（今属河南许昌）人，魏晋时期著名音律学家、文学家、藏书家。

②中书监：晋代设中书监和中书令，掌管机要。监和令是同等的，不过监排在令之前。

③故事：前代的制度，惯例。

④雅正：正直。

⑤更：重新，另外。

⑥全句意思为：后来的给监和令分别派车，就是从这时候开始的。

山伯伦不肯行

山公①大儿②著短帢③，车中倚。武帝欲见之，山公不敢辞，问儿，儿不肯行。时论乃云胜山公。④

【注释】

①山公：山涛。

②大儿：长子，这里指山涛的长子山该。山该字伯伦，官至左卫将军。

③短帢（qià）：一种轻便小帽。戴帢帽见客，是一种不讲究礼节的做法。

④全句的意思为：当时的人议论纷纷，说山涛的儿子胜过了山涛。山涛的长子戴的是便帽，不便去见皇帝，于是拒绝了，而山涛却不像儿子那样大胆、直率，不敢替他辞谢，所以人们才这样说。

陆机答卢志问

卢志于众坐问陆士衡："陆逊、陆抗是君何物？"①答曰："如卿于卢毓②、卢珽③。"士龙④失色。既出户，谓兄曰："何至如此！彼容⑤不相知也。"士衡正色曰："我父、祖名播海内，宁有不知？鬼子敢尔！"⑥议者疑二陆优劣，谢公以此定之⑦。

【注释】

①卢志：字子道，历任成都王左长史、中书监、尚书等职。陆士衡：陆机。何物：什么人。全句意思为：卢志在大庭广众之下问陆士衡："陆逊、陆抗是您的什么人？"魏晋人重视避讳，当面说出对方长辈的名字，非常无礼。

②卢毓：卢志的祖父，担任过吏部尚书、司空等职。

③卢珽（tǐng）：卢志的父亲，官至尚书。

④士龙：陆云，字士龙，是陆机的弟弟，曾任清河内史、大将军右司马等职。陆机被司马颖杀害后，陆云也遇害。

⑤容：也许。

⑥鬼子：鬼的子孙，对人的憎称。《孔氏志怪》中记载，卢志的远祖卢充曾因打猎而入鬼府，与崔少府的亡女结婚并生子，因此陆机才骂卢志是鬼的子孙。全句意思为：陆士衡严肃地说："我们的父亲、祖父举世闻名，他怎么可能不知道呢？鬼的子孙竟敢这样无礼！"

⑦谢公：这里指谢安。全句意思为：谢安以这件事认为陆机比陆云优秀。

阮修伐社树

阮宣子①伐社②树，有人止之。宣子曰："社而为树，伐树则社亡；树而为社，伐树则社移矣。③"

【注释】

①阮宣子：阮修，字宣子，不信鬼神而擅长清谈。

②社：土地神，此处指土地庙或用来祭拜土地神的社坛。

③"社而"句：如果土地神和社树是相互依存的，那么砍倒了社树，土地神就会迁移到别处去，不在这里了。

阮宣子无鬼论

阮宣子论鬼神有无者。或以人死有鬼，宣子独以为无，曰："今见鬼者云，著生时衣服，若人死有鬼，衣服复有鬼邪？"①

【注释】

①复：也。全句意思为：有人认为人死后会变成鬼，唯独宣子认为世上没有鬼，他说："那些自称见过鬼的人，都说鬼穿着他们在世时穿的衣服，要是人死后真的变成鬼了，难道衣服也会变成鬼吗？"

周伯仁爱弟

周叔治①作晋陵太守，周侯②、仲智③往别。叔治以将别，涕泗不止。仲智恚④之曰："斯人乃妇女，与人别，唯啼泣！"便舍去。周侯独留，与饮酒言话，临别流涕，抚其背曰："奴好自爱！"⑤

①周叔治：周谟，字叔治，担任过中护军等职，后来被封为西平侯。

②周侯：这里指周颐，字伯仁，他是周谟的哥哥。

③仲智：周嵩，字仲智，他也是周谟的哥哥，岁数比周颐小。

④恚（huì）：生气。

⑤奴：即阿奴，是尊对卑、兄对弟的称呼，有亲昵之意。这一句的意思为：周颐独自留下来和周谟一边喝酒一边说话。到了分别时，周颐忍不住落下眼泪，拍着弟弟的背说："小弟，你要多多珍重啊！"

何充直言不讳

王含①作庐江郡②，贪浊狼籍。王敦护其兄，故于众坐称："家兄在郡定佳，庐江人士咸称之。"时何充③为敦主簿，在坐，正色曰："充即庐江人，所闻异于此！"敦默然。旁人为之反侧④，充晏然⑤神意自若。

【注释】

①王含：字处弘，王敦的哥哥。

②庐江郡：治所在舒县（今属安徽庐江）。

③何充（292—346）：字次道，晋朝重臣，担任过中书监、骠骑将军等职，还善于写文章，有文集五卷传世。

④反侧：惶恐不安。

⑤晏然：安闲，形容心情平静，没有顾虑。

周伯仁论王敦

王大将军①当下②，时咸谓无缘③尔④。伯仁⑤曰："今主非尧、舜，何能无过？且人臣安得称兵以向朝廷？处仲狼抗⑥刚愎，王平子⑦何在？"

【注释】

①王大将军：这里指王敦。

②下：从长江上游武昌来到下游建康，这里指发动叛乱。当时，丹阳尹刘隗掌权，与尚书令刁协联合压制豪强，引起王敦的不满，于是王敦就以除掉这两个权臣为名，于永昌元年（322）正月在武昌发动叛乱，并上奏疏历数刘隗等人的罪状，三月攻陷了石头城，杀害了刘隗等人，刁协侥幸逃脱。

③缘：理由，借口。

④尔：如此，这样。

⑤伯仁：周颛。

⑥狼抗：狂妄自大，乖戾。

⑦王平子：王澄，字平子，王衍的弟弟，曾任荆州刺史，才学、名望都超过王敦，受到王敦的忌惮。一次，王澄去拜访王敦，因为对王敦态度简慢而被王敦杀害。这里举王澄被杀的事例，说明王敦为人狂放固执。

孔群骂匡术

孔车骑①与中丞②共行，在御道③逢匡术，宾从甚盛，因往与车骑共语。中丞初不视，直云："鹰化为鸠，众鸟犹恶其眼。"④术大怒，便欲刃之。车骑下车，抱术曰："族弟发狂，卿为我宥⑤之！"始得全首领。

【注释】

①孔车骑：孔愉，字敬康，累迁尚书左仆射，赠车骑将军。

②中丞：官名，这里指孔群。孔群字敬林，是孔愉的堂弟，官至御史中丞。

③御道：供皇帝通行的道路。

④全句意思为：孔群并不看他，只是说："就算鹰变成了布谷鸟，所有的鸟还是讨厌它的眼睛。"

⑤宥：原谅。

孔坦临终忧国

孔君平疾笃①，庾司空②为会稽，省之。相问讯甚至③，为之流涕。庾既下床，孔慨然曰："大丈夫将终，不问安国宁家之术，乃作儿女子④相问！"庾闻，回谢之⑤，请其话言⑥。

①疾笃：病重。

②庾司空：这里指庾冰。

③甚至：非常周到。至，周到，关切。

④儿女子：妇孺之辈。

⑤回谢之：转身向孔坦道歉。

⑥话言：善言，有道理的话。

王濛评会稽王

王长史①求东阳②，抚军③不用。后疾笃，临终，抚军哀叹曰："吾将负仲祖。"于此命用之。④长史曰："人言会稽王⑤痴，真痴。"

【注释】

①王长史：这里指王濛，他曾经担任过司徒左长史，因此这样称呼他。

②求东阳：请求担任东阳太守。

③抚军：这里指晋简文帝司马昱。在登上帝位之前，司马昱曾经担任过抚军大将军，因此这样称呼他。

④这两句意思为：后来王濛病重，在他快要去世时，司马昱哀叹说："在这件事情上，我恐怕要对不起仲祖（王濛字仲祖）了。"于是下令任用王濛。

⑤会稽王：这里指司马昱，他曾经被封为会稽王。

刘惔拒小人食

刘真长、王仲祖共行，日旰①未食。有相识小人贻其餐，肴案甚盛，真长辞焉。②仲祖曰："聊以充虚③，何苦辞？"真长曰："小人都不可与作缘④。"

【注释】

①日旰（gàn）：天色晚。

②小人：晋代非常注重门第观念，对于士族阶层来说，府中差役、平民百姓等地位低的人，都被视为小人。案：用来盛放食物等物品的木制托盘。这一句的意思为：有一个认识他们的吏役送来饭食给他们吃，菜肴很丰盛，刘惔却辞谢了。

③充虚：充饥。

④作缘：打交道。

王修龄拒赠米

王修龄①尝在东山，甚贫乏。陶胡奴②为乌程③令，送一船米遗之。却不肯取，直答④语："王修龄若饥，自当就谢仁祖⑤索食，不须陶胡奴米⑥。"

①王修龄：王胡之，琅玡临沂人，年少时就很有声誉，成年后才能卓著，治理属地颇有作为。

②陶胡奴：陶范，小名胡奴，陶侃的儿子。

③乌程：位于今浙江湖州。

④直答：直率地回答。

⑤谢仁祖：谢尚。

⑥不须陶胡奴米：王修龄拒绝陶范赠米，可能是出于门第之见。王、谢曾经是东晋的豪门大族，而陶家原本出身寒门，后来虽因功得富贵，但依然难以跻身士族之列。

桓温以形色加人

王、刘①与桓公②共至覆舟山③看。酒酣后，刘牵脚加桓公颈。桓公甚不堪④，举手拨去。既还，王长史语刘曰："伊讵可以形色加人不？"⑤

【注释】

①王、刘：王濛、刘惔。

②桓公：这里指桓温。

③覆舟山：位于今江苏南京，东连钟山，北临玄武湖，因其西部形如倾覆的船而得名。

④不堪：难以忍受。

⑤讵（jù）：怎么，岂。这一句的意思为：回来以后，王濛对刘惔说："他怎么可以给人脸色看？"魏晋时人以喜怒不形于色为有风度的标志之一。

韩康伯叹谢门富贵

韩康伯病，拄杖前庭消摇①。见诸谢②皆富贵，轰隐交路③，叹曰："此复何异王莽④时！"

【注释】

①消摇：同"逍遥"，散步。

②诸谢：指谢安一家。

③轰隐交路：车马在路上来来往往，发出轰隆隆的响声。

④王莽：西汉末年，王莽独揽朝政，继而篡权，改国号为新。王莽在位时，宗族中总共封了十位王侯、五位大司马，气焰极为嚣张。

桓温嫁女

王文度①为桓公②长史时，桓为儿求王女，王许咨③蓝田④。既还，蓝田爱念文度，虽长大犹抱著膝上。⑤文度因言桓求己女婚。蓝田大怒，排⑥文度下膝，曰："恶见⑦！文度已复痴，畏桓温面？兵，那可嫁女与之！⑧"文度还报云：“下官家中先得婚处。”桓公曰：“吾知矣，此尊府君不肯耳。”⑨后桓女遂嫁文度儿。

【注释】

①王文度：王坦之。

②桓公：这里指桓温。

③咨：咨询，与之商议。

④蓝田：王述，王坦之的父亲，世袭爵位为蓝田侯，因此这样称呼他。

⑤爱念：宠爱，疼爱。这一句的意思为：王坦之回家后，王述因为宠爱王坦之，不顾儿子已经长大成人，还是把他抱在膝上。

⑥排：排斥，推开。

⑦恶见：佛教用语，坏的见解。

⑧兵，那可嫁女与之：他不过是个当兵的，怎能把女儿嫁给他！

⑨尊府君：您的父亲。这一句的意思为：桓温说：“我知道了，这是令尊大人不答应罢了。”

王爽忠孝不让人

孝武问王爽①："卿何如卿兄？" 王答曰："风流②秀出③，臣不如恭，忠孝亦何可以假人④！"

【注释】

　　①王爽：王恭的弟弟。

　　②风流：风雅。

　　③秀出：优秀出众。

　　④假人：让给别人。王爽以忠孝正直知名，这句话是说在忠孝方面他不比自己的哥哥差。

王爽不卑不亢

　　王爽与司马太傅①饮酒。太傅醉，呼王为“小子②”。王曰："亡祖长史③，与简文皇帝为布衣之交。亡姑、亡姊，伉俪二宫。④何小子之有？⑤"

【注释】

　　①司马太傅：指会稽王司马道子。

　　②小子：尊对卑之称，是一种轻慢的称呼。

　　③亡祖长史：指王爽的祖父王濛。

　　④全句意思为：我的姑姑是晋哀帝的皇后，我的姐姐是晋孝武帝的皇后。

　　⑤全句意思为：哪有什么小子呢？

雅量第六

【题解】

雅量，指宽广的胸怀、宽宏的气量，以及从容、淡定的气度。魏晋时代讲究名士风度，即注意举止、姿势的潇洒旷达，强调喜怒不形于色，无论内心感情怎样复杂，表现出来的都应该是淡泊宁静、若无其事，宠辱不惊，临危不乱，这才不失名士风流。

嵇康从容赴死

嵇中散①临刑东市②，神色不变，索琴弹之，奏《广陵散》③。曲终，曰："袁孝尼尝请学此散，吾靳固不与，《广陵散》于今绝矣！"④太学生三千人上书，请以为师，不许。文王亦寻悔⑤焉。

【注释】

①嵇中散：嵇康，曾授中散大夫，人称"嵇中散"。

②东市：在汉代，死刑犯一般都在长安城内的东市被处决，后来人们就用东市指代刑场。

③《广陵散》：音乐史上非常著名的古琴曲，嵇康善于弹奏此曲。

④这一句的意思为：弹完曲子以后，（嵇康）说："袁孝尼曾经请求过我，想向我学习这首曲子，我吝惜它，坚决不同意，看来从今以后《广陵散》就要失传了！"

⑤寻悔：不久就后悔了。当时，司马昭坚决不同意太学生们的请求，处死了嵇康，此后不久司马昭就后悔了。

道旁苦李

王戎七岁，尝与诸小儿游。看道边李树多子折枝①，诸儿竞走取之，唯戎不动。人问之，答曰："树在道边而多子，此必苦李。"取之，信然②。

【注释】

①折枝：使树枝弯曲。
②信然：的确是这样。

王戎观虎

魏明帝①于宣武场②上断③虎爪牙，纵百姓观之。王戎七岁，亦往看。虎承间④攀栏而吼，其声震地，观者无不辟易⑤颠仆，戎湛然⑥不动，了无恐色。

①魏明帝：曹叡。

②宣武场：操练场。

③断：阻断，隔绝。《竹林七贤论》中记载，魏明帝派人在宣武场上围好栅栏，把虎牙包裹住，派大力士跟虎搏斗。

④承间：同"乘间"，趁着空子。

⑤辟易（bì yì）：躲避；击退。

⑥湛然：镇静。

裴遐不改颜色

裴遐在周馥①所，馥设主人②。遐与人围棋，馥司马③行酒④。遐正戏，不时⑤为饮，司马恚，因曳遐坠地。遐还坐，举止如常，颜色不变，复戏如故。王夷甫问遐："当时何得颜色不异？"答曰："直是暗当故耳。"⑥

【注释】

①周馥：字祖宣，晋惠帝时担任平东将军，因军功而被封为永宁伯，后来得罪了东海王司马越，受多路诸侯夹攻，他不幸兵败，之后忧愤而死。

②设主人：以主人的身份备办酒食。

③馥司马：周馥手下的司马，管一府之事。

④行酒：在宴会上负责主持行酒令、依次斟酒、劝酒等事务。

⑤时：及时。

⑥直：正。暗：愚昧。文末对话的意思为：王夷甫问裴遐："你当时怎能做到面不改色呢？"裴遐回答说："他（行酒的司马）正是愚昧无知才会这样做的。"言外之意是不值得跟这样的人计较。

王衍不予分谤

王夷甫与裴景声志好不同。景声恶欲取之，卒不能回。^①乃故诣王，肆言极骂，要^②王答己，欲以分谤^③。王不为动色，徐曰："白眼儿遂作^④。"

【注释】

①裴景声：裴邈，字景声，历太傅从事中郎、左司马，监东海王军事。取：取用，任用。回：改变。这两句的意思为：王衍和裴邈两个人兴趣、爱好不同，王衍想任用裴邈，裴邈对此十分厌恶，可是始终没法改变王衍的主意。

②要：要挟，强迫。

③欲以分谤：想借此与王衍一起接受别人的中伤。为了拒绝王衍，裴邈不惜败坏自己和王衍的名声。

④遂作：终于发作。

庾会雅重之质

庾太尉①风仪②伟长，不轻举止，时人皆以为假③。亮有大儿④数岁，雅重之质⑤，便自如此，人知是天性。温太真⑥尝隐幔怛之⑦，此儿神色恬然，乃徐跪曰："君侯⑧何以为此？"论者谓不减亮。苏峻时遇害，或云："见阿恭，知元规非假。"⑨

【注释】

①庾太尉：这里指庾亮，他在去世后被追赠为太尉。

②风仪：风度和仪容。

③假：装出来的。

④大儿：这里指庾亮的长子庾会。庾会字会宗，小字阿恭。

⑤雅重之质：高雅、稳重的气质。

⑥温太真：温峤（288—329），字泰真，一作太真，曾经担任过骠骑将军等职，参与平定了晋朝将领王敦、苏峻的叛乱，被封为始安郡公。

⑦怛（dá）之：惊吓他。

⑧君侯：对达官贵人的一种尊称。

⑨这一句的意思为：（庾会）在苏峻起兵作乱时被杀害，有人说："看见阿恭的样子，就知道元规（庾亮字元规）的风度不是假装的了。"

东床快婿

郗太傅①在京口②，遣门生与王丞相③书，求女婿。丞相语郗信：“君往东厢，任意选之。”门生归，白郗曰：“王家诸郎，亦皆可嘉，闻来觅婿，咸自矜持。唯有一郎在东床上坦腹④卧，如不闻。”郗公云：“正此好！”访之，乃是逸少，因嫁女与焉。

【注释】

①郗太傅：这里指郗鉴。

②京口：古城名，故址在今天的江苏镇江。

③王丞相：这里指王导，与下文中的逸少（王羲之）是叔侄关系。

④坦腹：敞开上衣，袒胸露腹。

周嵩火攻伯仁

周仲智①饮酒醉，瞋目还面谓伯仁②曰：“君才不如弟，而横③得重名！”须臾，举蜡烛火掷伯仁，伯仁笑曰：“阿奴火攻，固④出下策耳！”

【注释】

①周仲智：周嵩，周颢的弟弟。

②伯仁：周颛。

③横：意外；无缘无故。

④固：的确。

为性命忍俄顷

谢太傅①与王文度共诣郗超②，日旰未得前，王便欲去，谢曰："不能为性命忍俄顷？"③

【注释】

①谢太傅：这里指谢安。

②郗超：字景兴，一字嘉宾，原是桓温的参军和亲信，简文帝时任中书侍郎，后任司徒左长史。

③这两节意思为：王文度想走，谢安说："难道你就不能为了保全性命再忍耐一会儿？"当时郗超得到桓温的器重，手中掌握着生杀大权，因此谢安才这么说。

小儿辈大破贼

谢公①与人围棋，俄而谢玄淮上②信至。看书竟，默然无言，徐向局③。客问淮上利害，答曰："小儿辈大破贼。"意色举止，不异于常。④

①谢公：这里指谢安。

②淮上：淮水上，这里指位于淮水上游的淝水。晋孝武帝太元八年（383），前秦苻坚率领八十七万大军大举南侵，欲灭东晋，军队屯驻于淮水、淝水之间。谢安被任命为征讨大都督，他派弟弟谢石、侄儿谢玄率军坚守淝水与苻坚作战，打得苻坚望风而逃，是为"淝水之战"，这里即以此事为背景。

③向局：面向棋局。

④小儿辈：小孩子们，这里指谢玄等人。全句意思为：客人问谢安淮上战事的胜败情况，谢安回答说："小孩子们大破贼兵。"说话时的神色举止与平时没有什么不同。

王献之临危不乱

王子猷①、子敬②曾俱坐一室，上③忽发火。子猷遽走避，不惶④取屐；子敬神色恬然，徐唤左右，扶凭⑤而出，不异平常。世以此定二王神宇⑥。

【注释】

①王子猷（yóu）：王徽之，字子猷，王羲之第五个儿子，官至黄门侍郎。

②子敬：王献之。

③上：上方，这里指房屋上方。

④不惶：没有时间。惶，通"遑"，闲暇。

⑤凭：凭借，依靠。当时，走路由仆从搀扶被视为贵族的一种风度。

⑥神宇：神情，气概，风度。

长星，劝尔一杯酒

太元①末，长星②见，孝武心甚恶之。夜，华林园中饮酒，举杯属③星云："长星，劝尔一杯酒，自古何时有万岁天子？"

【注释】

①太元：晋孝武帝的年号（376—396）。

②长星：彗星的别称。据记载，太元二十年（395）九月，天空出现蓬星（即文中所说的长星），古人认为这是不吉利的事。

③属（zhǔ）：请托。

识鉴第七

【题解】

识鉴，指对人和事的认识与鉴别。魏晋时代，讲究品评人物，常常涉及人物的品德才能，并由此预见这一人物将来的优劣和得失。

乔玄识曹操

曹公①少时见乔玄②，玄谓曰："天下方乱，群雄虎争，拨而理之，非君乎？然君实乱世之英雄，治世之奸贼。恨吾老矣，不见君富贵，当以子孙相累。"③

【注释】

①曹公：这里指曹操。

②乔玄（110—184）：字公祖，东汉梁国睢（suī）阳（今河南商丘）人，历任汉阳太守、司徒长史等职，他为官清廉，为人刚正不阿、和蔼可亲，被时人称为名臣。

③拨：治理。治世：太平盛世。累：牵累，这里指把子孙托付给曹操照顾。全句意思为：乔玄（对曹操）说："如今局势混

乱，各路豪强龙争虎斗，能够整治天下的人非你莫属！然而，你虽然是乱世中的英雄，但也是盛世中的奸贼。遗憾的是，我年纪大了，没有机会亲眼看见你富贵显达的那一天，只有把子孙托付给你，请你照顾照顾他们。"

裴潜评刘备

曹公①问裴潜②曰："卿昔与刘备共在荆州，卿以备才如何？"潜曰："使居中国，能乱人，不能为治；若乘边守险，足为一方之主。③"

【注释】

①曹公：这里指曹操。

②裴潜：字文行，曾因为躲避战乱到荆州投奔刘表，后来曹操取得荆州，裴潜任参丞相军事。刘备也曾经依附刘表，裴潜与他相识，所以曹操才向裴潜打听刘备的情况。

③中国：中原地区。乘边：驾驭边境，即指防守边境。全句意思为：如果让他占据中原地区，那么他会扰乱人心，使局面难以治理；如果让他驻守边境，防守险要地区，那么他完全能够成为一方霸主。

羊祜看王义

王夷甫父义①为平北将军，有公事，使行人②论③，不得。时夷甫在京师，命驾见仆射羊祜④、尚书山涛。夷甫时总角，姿才秀异，叙致⑤既快，事加有理，涛甚奇之。既退，看之不辍，乃叹曰："生儿不当如王夷甫邪？"羊祜曰："乱天下者，必此子也。"⑥

【注释】

①王夷甫父义：王衍的父亲王义。

②行人：使者，奉命执行任务的人。

③论：陈述，这里指向上陈述。

④羊祜：字叔子，博学能文，善谈论。

⑤致：表达。

⑥全句意思为：王衍告辞后，山涛仍在看着他，并叹息说："生儿子难道不应当像王衍这样吗？"羊祜说："将来扰乱天下的必然是这个人。"

蜂目豺声

潘阳仲①见王敦小时，谓曰："君蜂目已露，但豺声未振耳。必能食人，亦当为人所食。②"

【注释】

①潘阳仲：潘滔，字阳仲，历迁黄门侍郎、散骑常侍。

②蜂目：眼睛像胡蜂，指相貌凶狠。豺声：声音如豺，比喻恶人的声音。全句意思为：您的眼睛已经露出胡蜂一样的凶光，只是还没有发出豺狼般的声音罢了。你将来会杀害别人，也会被人杀掉。

石勒听《汉书》

石勒①不知书②，使人读《汉书》。闻郦食其③劝立六国后，刻印将授之④，大惊曰："此法当失，云何得遂有天下？"至留侯谏，乃曰："赖有此耳！"⑤

【注释】

①石勒（274—333）：字世龙，上党武乡（今属山西）人，羯族，公元319年反晋，自称赵王，公元329年取得了北方的大部分地区，建都襄国（今河北邢台）并称帝。

②不知书：不认识字。

③郦食其（lì yì jī）：陈留高阳（今属河南）人，汉高祖刘邦的谋士，封广野君，后为齐王田广烹杀。

④刻印将授之：楚汉相争时，楚王项羽把刘邦困在荥阳，郦食其献计大封战国时期六国的后代，试图以这种方法壮大刘邦的势力，阻挠项羽的扩张。刘邦听从了这个计策，马上命人刻制印

信，准备加封。

⑤留侯：张良。这两句意思为：石勒非常惊讶地说："这个办法不对，说什么这样就能得到天下？"在听到留侯张良劝阻刘邦时，石勒便说："幸亏有这个人呀！"

菰羹鲈脍

张季鹰①辟齐王东曹掾②，在洛，见秋风起，因思吴中菰菜羹③、鲈鱼脍，曰："人生贵得适意尔，何能羁宦数千里以要名爵！④"遂命驾便归。俄而齐王败，时人皆谓为见机⑤。

【注释】

①张季鹰：张翰，字季鹰，吴郡（今江苏苏州）人。他在洛阳担任齐王司马冏手下的东曹掾时，看到战乱不断，就以想吃家乡的名菜为由，弃官归家。齐王即司马冏（jiǒng），封号为齐王，晋惠帝时任大司马，日益骄奢，公元302年，在诸王的讨伐中被杀。

②曹掾（yuàn）：在东汉时期，太尉或相国等自辟掾吏，分曹处理事务，主要分为仓曹掾（主管仓谷）、西曹掾等。曹：官署中分科办事的机构。掾：原意为佐助，后来成为官署工作人员的通称。

③菰菜羹：《晋书·张翰传》中作"菰菜、莼羹"，与鲈鱼脍都是吴中名菜。菰：茭白。莼：莼菜。脍：指切得很细的肉。

④羁宦：在异乡做官。全句意思为：人生可贵的就是使自己愉快而已，怎么能为了追求名利而远离家乡，到几千里以外的地方做官呢！

⑤见机：洞察事情的苗头。机，通"几"。

周嵩论兄弟

周伯仁①母冬至②举酒赐三子曰："吾本谓度江托足无所，尔家有相，尔等并罗列吾前，复何忧！③"周嵩起，长跪④而泣曰："不如阿母言。伯仁为人志大而才短，名重而识暗，好乘人之弊，此非自全之道；嵩性狼抗，亦不容于世；唯阿奴碌碌，当在阿母目下耳。⑤"

【注释】

①周伯仁：周颛。

②冬至：节气名，一般指阳历的十二月二十二日，当天夜最长，白昼最短。古人非常重视这个节日，在这一天要祭祖、举行家宴、进行庆贺往来等。

③全句意思为：当初为了避难而渡江，我原本还担心会连一个立足之地也没有，幸好你们家有福相，你们几个都在我跟前，我还有什么可担心的呢！

④长跪：古人坐时臀部放在脚后跟上，而伸直腰和大腿，挺直上身跪着，叫作长跪，以表示尊敬。

⑤阿奴：指周谟。全句意思为：其实并不像母亲说的那样。

我哥哥伯仁，虽然志向很大但是才智不足，虽然很有名气但是见识短浅，又喜欢利用别人的缺点来成全自己，这种做法难以保全自身；我生性傲慢，也不容易被世人接受；只有小弟周谟平凡无奇，他应当可以在母亲跟前守护母亲。

孟嘉与众不同

武昌孟嘉①作庾太尉②州从事，已知名。褚太傅③有知人鉴，罢豫章还，过武昌，问庾曰："闻孟从事佳，今在此不？"庾云："试自求之。"褚眄睐④良久，指嘉曰："此君小异，得无⑤是乎？"庾大笑曰："然。"于时既叹褚之默识⑥，又欣嘉之见赏。

【注释】

①孟嘉：字万年，江夏人，家住武昌，所以称其为武昌孟嘉。

②庾太尉：这里指庾亮。太尉庾亮兼任江州刺史时，召孟嘉为从事（州府的属官）。

③褚太傅：褚裒（303—349），字季野，女儿为晋康帝皇后。

④眄睐（miǎn lài）：观察，打量。

⑤得无：莫非。

⑥默识：在不言不语中识别人物。

王濛赞戴逵

戴安道①年十余岁，在瓦官寺画。王长史②见之，曰："此童非徒能画，亦终当致名③。恨吾老，不见其盛时④耳！"

【注释】

①戴安道：戴逵（326—396），东晋著名的美术家、音乐家。

②王长史：这里指王濛。

③致名：成名。

④盛时：指富贵显达、享有盛名之时。

简文帝断谢安

谢公①在东山畜妓②，简文③曰："安石必出④，既与人同乐，亦不得不与人同忧。"

【注释】

①谢公：这里指谢安。

②畜妓：畜养歌妓。妓：古代指表演歌舞的侍女。谢安出仕之前，隐居在会稽郡的东山，经常和王羲之等人饮酒聚会，纵情山水，带着歌女出游。

③简文：指简文帝。谢安隐居时，简文帝司马昱还没有登基，仍任丞相。

④必出：一定会出山为官。

赏誉第八

【题解】

赏誉，指对人物的称赏和赞誉。本篇反映了魏晋人士重气度、重才智、重悟性的风度。

陈蕃赞周乘

陈仲举①尝叹曰："若周子居②者，真治国之器。譬诸宝剑，则世之干将③。"

【注释】

①陈仲举：陈蕃。

②周子居：周乘，字子居，东汉人，官至泰山太守。

③干将（gān jiāng）：宝剑名，据《吴越春秋》等书记载，春秋时期，吴国铁匠干将和他的妻子莫邪（mò yé）精心铸造了一对阴阳剑，并将阴剑命名为莫邪，阳剑命名为干将。这对阴阳剑锋利无比，被世人奉为珍宝。

钟会赞王戎

钟士季^①目王安丰^②："阿戎了了^③解人意^④。"谓："裴公^⑤之谈^⑥，经日不竭。"吏部郎阙，文帝问其人于钟会。会曰："裴楷清通，王戎简要，皆其选也。"于是用裴。

【注释】

①钟士季：钟会，字士季。

②王安丰：王戎，曾封安丰县侯。

③了了：聪慧，通晓事理。

④解人意：善解人意。

⑤裴公：这里指裴楷。

⑥谈：言谈。

裴楷清通，王戎简要

王濬冲^①、裴叔则^②二人总角^③诣钟士季，须臾去，后客问钟曰："向二童何如？"钟曰："裴楷清通，王戎简要。后二十年，此二贤当为吏部尚书，冀尔时天下无滞才^④。"

【注释】

①王濬冲：王戎，字濬冲。

②裴叔则：裴楷，字叔则。

③总角：这里指年少时。

④滞才：被遗漏的人才。

郭奕送羊祜

羊公①还洛，郭奕②为野王③令。羊至界，遣人要④之，郭便自往。既见，叹曰："羊叔子何必减郭太业！"⑤复往羊许，小悉⑥还，又叹曰："羊叔子去⑦人远矣！"羊既去，郭送之弥日，一举数百里，遂以出境免官。复叹曰："羊叔子何必减颜子！"⑧

【注释】

①羊公：这里指羊祜。

②郭奕：字太业，一字泰业，年轻时得晋武帝的赏识，官至雍州刺史、尚书。

③野王：县名，在今河南沁阳。

④要：同"邀"。

⑤减：不如，次于。这一句的意思为：两个人碰面之后，郭奕赞叹说："羊叔子不见得不如我郭太业呀！"

⑥小悉：少顷，没过多久。

⑦去：超过。

⑧颜子：颜回，孔子最得意的学生。"羊既去"至文章末尾的意思为：羊祜走了，郭奕一整天都在送他，一连送了几百里，终因出了县境而被免官。他仍旧赞叹道："羊叔子不见得比不上颜子！"

山涛赞阮咸

山公①举阮咸②为吏部郎，目曰："清真③寡欲，万物不能移也。"④

【注释】

①山公：山涛。

②阮咸：字仲容，阮籍的侄子，他们叔侄二人被称为"大小阮"。

③清真：纯洁，质朴。

④全文意思为：山涛推荐阮咸为吏部郎，并评论说："他纯洁质朴，没有多少私欲，万事万物都很难改变他的志向。"

庾子嵩论和峤

庾子嵩①目和峤："森森如千丈松，虽磊砢②有节目③，施之大厦，有栋梁之用。"④

【注释】

①庾子嵩：庾敳，字子嵩。

②磊砢（lěi luǒ）：形容树木多节。

③节目：分出树杈的地方。

④全文意思为：庾敳评论和峤说："他好像茂盛的千丈青松，虽然树上多节，枝干纵横交错，可是适合用作高楼大厦的栋梁。"

王戎赞王衍

王戎云："太尉①神姿高彻②，如瑶林琼树③，自然是风尘外物。"

【注释】

①太尉：指王衍。

②高彻：高雅，通达。

③瑶林琼树：瑶、琼都是美玉，这里泛指精美的东西。

王衍论山涛

人问王夷甫①："山巨源②义理何如？是谁辈③？"曰："此人初不肯以谈自居，然不读《老》《庄》，时闻其咏，往往与其旨合。"

【注释】

①王夷甫：王衍，字夷甫。

②山巨源：山涛，字巨源。

③辈：同一类，同一等级。

人之水镜

卫伯玉为尚书令，见乐广与中朝名士谈议，奇之，曰："自昔诸人没已来，常恐微言将绝，今乃复闻斯言于君矣！"①命子弟造之，曰："此人，人之水镜②也，见之若披云雾睹青天。"

【注释】

①卫伯玉：卫瓘（guàn），字伯玉。已来：以来。微言：指清谈中的精微之语。这一句的意思为：卫瓘做尚书令时，看见乐广和西晋的名士谈论清议，感到非常惊讶，说："自从当年那些名士逝世以来，我常常害怕再也听不到这种精微之语，没想到今天竟然又从您这里听到了！"

②水镜：水和镜子常常用来比喻人的明鉴或开朗的性格，这里指对道理了解得很清楚。

王平子论兄

王平子目太尉："阿兄形似道，而神锋太俊。"①太尉答曰："诚不如卿落落穆穆"。②

【注释】

①王平子：王澄，字平子，善于品评人物。太尉：这里指王

衍。道：有道者。全句意思为：王澄评论王衍说："哥哥外貌好像有道之人，可是神采和气概太突出了。"

②落落穆穆：形容端庄温和。

蔡谟遇陆机兄弟

蔡司徒①在洛，见陆机兄弟②住参佐③廨中，三间瓦屋，士龙住东头，士衡住西头。士龙为人，文弱可爱；士衡长七尺余，声作钟声，言多慷慨。

【注释】

①蔡司徒：蔡谟（281—356），字道明，是"兖州八伯"之一，历任中书侍郎、司徒左长史、侍中等职。

②陆机兄弟：指陆机（字士衡）和他的弟弟陆云（字士龙）。

③参佐：属官。

王导惜周颙

周侯于荆州败绩还，未得用。①王丞相②与人书曰："雅流③弘器④，何可得遗⑤？"

【注释】

①"周侯"句：周侯，这里指周颙，他刚刚担任荆州刺史就遇到叛军作乱，战败，投奔豫章，后受召回到建康。全句意思为：

周颢在荆州兵败后，回到京都，没有被委以重任。

②王丞相：这里指王导。

③雅流：高雅人士。

④弘器：大器，有大才的人。

⑤何可得遗：怎么可以弃之不用呢？

王敦赞卫玠

王敦为大将军，镇豫章。卫玠避乱，从洛投敦，相见欣然，谈话弥日。于时谢鲲为长史，敦谓鲲曰："不意永嘉之中，复闻正始之音①。阿平若在，当复绝倒。②"

【注释】

①正始之音：指清谈玄学。

②阿平：王澄。全句意思为：如果阿平在座，一定会佩服得五体投地。

王述晚慧

王蓝田①为人晚成，时人乃谓之痴②。王丞相③以其东海子④，辟为掾。常集聚，王公每发言，众人竞赞之。述于末坐曰："主非尧、舜，何得事事皆是？"丞相甚相叹赏。⑤

①王蓝田：王述，袭封为蓝田侯，故称。

②痴：王述三十岁时还没有名望，因此人们一度认为他为人痴傻。

③王丞相：这里指王导。

④以其东海子：王述的父亲王承曾经担任过东海太守，后来他的名望大得连当时的名臣王导、庾亮等人都不能及，王导因为王承的关系，才有意提拔王述。

⑤主：主公，僚属对上司的尊称。"常集聚"至末尾的意思为：大家经常聚会，每次王导一讲话大家都争着赞美他。坐在末座的王述说："主公又不是尧帝、舜帝，怎么可能事事都对呢！"王导非常赞赏他这句话。

朗是大才

世目杨朗①："沉审②经断③。"蔡司徒④云："若使中朝不乱，杨氏作公方未已。⑤"谢公云："朗是大才。"

【注释】

①杨朗：生平不详。

②沉审：深沉谨慎。

③经断：治理，决断。

④蔡司徒：这里指蔡谟。

⑤杨氏：指杨朗六兄弟，在当时名声都很大。他们的父亲杨准在西晋惠帝末年任冀州刺史，因看到战乱频发，豪强争斗，国事无望，终日饮酒。杨朗曾经参加过王敦的叛乱，致使晋明帝想除掉他。这一句的意思为：如果西晋没有出现动荡的局面，杨氏一门担任公卿的人将会接连不断。

恭为荒年谷，庾为丰年玉

世称庾文康①为丰年玉②，稚恭③为荒年谷④。庾家论云⑤："是文康称恭为荒年谷，庾长仁⑥为丰年玉。"

【注释】

①庾文康：庾亮，文康是他的谥号。

②丰年玉：为了庆祝丰收而雕琢的玉器，这里用来形容庾亮是太平时期的治国人才。

③稚恭：庾翼，字稚恭，庾亮的弟弟。

④荒年谷：荒年之谷，这里用来形容庾翼是挽救危亡的人才。

⑤庾家论云：庾家内部评论则说。

⑥庾长仁：庾统，字长仁，是庾亮的另一个弟弟的儿子，曾任寻阳（治今江西九江西南）太守。

庾翼推刘道生

庾稚恭与桓温书，称："刘道生①日夕在事②，大小③殊快④。义怀⑤通乐⑥既佳，且足作友，正实良器。推此与君同济⑦艰不⑧者也。"⑨

【注释】

①刘道生：刘恢，字道生，曾任车骑司马。

②在事：在做事，忙于政务。

③大小：尊卑或长幼。

④快：称快，畅快。

⑤义怀：具有仁义的胸怀。

⑥通乐：豁达，乐观。

⑦同济：同舟渡水。

⑧艰不（pǐ）：艰难困苦。

⑨全文的意思为：庾翼写信给桓温，称赞说："刘道生日夜都在处理政事，上下的人对他都非常满意。这个人胸怀仁义，性情豁达，而且值得结为朋友，确实是一位优秀的人才。我把他推荐给你，他一定可以跟你患难与共。"

如堕雾中

王仲祖、刘真长①造殷中军②谈，谈竟，俱载去③。刘谓王曰："渊源真可^④。"王曰："卿故堕其云雾中^⑤。"

【注释】

①王仲祖、刘真长：王濛、刘惔。

②殷中军：这里指殷浩，他善谈玄理，谈论精微，为人所推崇，下文中的"渊源"指的也是他。

③载去：坐车离去。

④可：这里指才学优秀。

⑤堕其云雾中：比喻言论使人迷离恍惚，如同被云遮雾罩。

王濛不欲苦物

林公谓王右军云："长史作数百语，无非德音，如恨不苦。"^①王曰："长史自不欲苦物。"^②

【注释】

①林公：支遁。王右军：这里指王羲之。长史：这里指王濛。苦：使别人感到窘迫。这一句的意思为：支遁对王羲之说："王濛说上几百句话，没有一句不是善言，遗憾的是不能让对方感到困窘。"

②"长史自"句的意思为：王濛原本也无意为难人家。

谢安赞七贤

谢公①道②豫章③：“若遇七贤，必自把臂入林。④”

【注释】

①谢公：这里指谢安。

②道：向某人称赞。

③豫章：指谢鲲，字幼舆，曾任豫章太守，因此这样称呼他。

④七贤：指阮籍、嵇康等“竹林七贤”。把臂：拉着手，表示亲密的意思。全句意思为：我要是遇到七贤，一定会拉住他们的手，和他们一起去竹林里游玩。

殷浩名重一时

殷渊源在墓所①几②十年。于时朝野以拟管、葛③，起不起④，以卜江左⑤兴亡。

【注释】

①在墓所：殷浩曾出任官职，后来称病回乡，隐居在祖坟的陵园里。

②几（jī）：将近。

③管、葛：“管”指管仲，春秋时人，辅助齐桓公成为霸主。“葛”指诸葛亮，辅佐刘备建立蜀汉。这两个人都是受人推崇的名相。

④起不起：即出仕与不出仕。起，指出来做官。

⑤江左：指东晋。殷浩素有盛名，当时举国上下都认为他有宰相之才，他的出仕与否，关系着东晋的兴亡。

王羲之赞后生

王右军①道东阳②："我家阿林③，章清太出。"④

【注释】

①王右军：王羲之，曾任右军将军。

②东阳：王临之，字仲产，与王羲之同族，曾任东阳太守。

③阿林："林"应是"临"，阿临是对王临之的昵称。

④全文意思为：王羲之称赞王临之说："我们家的阿临博学多才，实在太出色了。"

王献之评谢安

王子敬①语谢公②："公故萧洒③。"谢曰："身不萧洒。君道身最得，身正自调畅。"④

【注释】

①王子敬：王献之，字子敬。

②谢公：这里指谢安。

③萧洒：同"潇洒"。

④调畅：调和，畅达。这一句的意思为：谢安说："我并不潇洒。不过，您对我的评价最得我心，令我感到襟怀畅达。"

殷仲文赞堂兄

殷仲堪丧后，桓玄问仲文①："卿家仲堪，定是何似人？"仲文曰："虽不能休明一世，足以映彻九泉。②"

【注释】

①仲文：殷仲堪的堂弟。

②休明一世：一生美好、清明。这一句的意思为：他虽然不能一生都美好、清明，可是也足以光照九泉。殷仲堪生前名望极高，后来被桓玄所害，殷仲文作为他的堂弟，必须谨慎地回答桓玄的问题。

品藻第九

【题解】

　　品藻，指品评人物的高下。常常是就两个人对比而论，一般是指出各有所长，也有部分条目点出高下之别。有时也会就一个人的不同情况论判，这实际上也是从不同方面进行对比。

诸葛兄弟

　　诸葛瑾、弟亮及从弟诞，并有盛名，各在一国。①于时以为蜀得其龙，吴得其虎，魏得其狗。②诞在魏，与夏侯玄齐名；瑾在吴，吴朝服其弘量。

【注释】

　　①"诸葛"句：魏、蜀、吴三足鼎立之时，诸葛瑾在吴国，任大将军兼豫州牧；诸葛亮在蜀国，任丞相；诸葛诞在魏国，任征东大将军，并被召为司空。当时，他们三兄弟都很有声望。

　　②"于时"句：龙、虎、狗，只是表明了才智、品德的等级不同，虎低于龙，狗低于虎。

王敦障面

王大将军在西朝时，见周侯，辄扇障面不得住。^①后度江左，不能复尔。王叹曰："不知我进，伯仁退？"^②

【注释】

①王大将军：这里指王敦。西朝：指西晋。周侯：周颢，字伯仁。这一句的意思为：王敦在西晋时期，每次见到周颢，总是拿扇子遮住自己的脸。

②这两句的意思为：后来渡江南下，王敦就不再这样做了。王敦叹道："不知道是我有了长进，还是伯仁退步了。"

国士门风

明帝^①问周伯仁："卿自谓何如郗鉴？"周曰："鉴方臣，如有功夫。^②"复问郗，郗曰："周颢比臣，有国士^③门风。"

【注释】

①明帝：晋明帝司马绍。

②功夫：功力；素养。这一句的意思为：与臣相比，郗鉴好像更有素养。

③国士：一国的杰出人物。

庾亮追问王敦

王大将军^①下^②，庾公^③问："闻卿有四友，何者是？"
答曰："君家中郎^④、我家太尉^⑤、阿平^⑥、胡毋彦国^⑦。阿
平故当最劣。"庾曰："似未肯劣^⑧。"庾又问："何者居其
右^⑨？"王曰："自有人。"又问："何者是？"王曰："噫！
其自有公论。"左右蹑公，公乃止。^⑩

【注释】

①王大将军：这里指王敦。

②下：指向东来到长江下游的京都建康。

③庾公：这里指庾亮。

④中郎：这里指庾敳。

⑤太尉：这里指王衍。

⑥阿平：这里指王澄。

⑦胡毋彦国：胡毋辅之，字彦国，西晋名士。

⑧似未肯劣：好像并不是最差的。

⑨其右：其上。

⑩这一句的意思为：手下人偷偷地踩了庾亮一脚，庾亮这才
住嘴。王敦不肯说，因为在他看来，自己是最好的。手下人踩庾
亮的脚，示意他不要再问，以免王敦难堪。

明帝问谢鲲

明帝问谢鲲①："君自谓何如庾亮？"答曰："端委庙堂，使百僚准则，臣不如亮；一丘一壑，自谓过之。"②

【注释】

①谢鲲：为人狂放不羁，在当时很有名望，曾任王敦的长史，后来跟随王敦到京城朝拜，当时明帝还是太子，在东宫接见谢鲲，和他进行了长谈。

②端委：朝服端正宽大，这里指朝服。一丘一壑：指不做官而寄情于山水。全句意思为：谢鲲回答："在朝廷上穿着朝服办事，使百官有个榜样，在这方面，我比不上庾亮；但是如果说到寄情于山水之间，我自认为他比不上我。"

宋祎讥王敦

宋祎①曾为王大将军②妾，后属谢镇西③。镇西问祎："我何如王？"答曰："王比使君，田舍、贵人耳。"镇西妖冶故也。④

【注释】

①宋祎（yī）：石崇宠姬绿珠的弟子，长得非常漂亮，善于吹笛，先后被晋明帝、王敦、谢尚等人据为己有。

②王大将军：这里指王敦。

③谢镇西：这里指谢尚。

④使君：汉代以后对州郡长官的尊称，可以通俗地理解为先生，这里指谢尚。田舍：乡巴佬。"镇西问祎"至末句的意思为：谢尚问宋祎："和王敦相比，我怎么样？"宋祎回答说："王敦和您相比，如同乡巴佬和大贵人相比。"这是因为谢尚长得俊俏。

郗公三反

卞望之①云："郗公②体中有三反：方于事上，好下佞己③，一反；治身清贞，大修计校，二反；④自好读书，憎人学问⑤，三反。"

【注释】

①卞望之：卞壶（kǔn），字望之，担任过尚书令等职，在苏峻之乱中战死，死后被追赠为侍中、骠骑将军，是东晋初期著名的政治家、军事家、书法家。

②郗公：这里指郗鉴。

③方于事上，好下佞己：侍奉君主很正直，却喜欢下级奉承自己。

④计校：这里指对财物斤斤计较。这一句的意思为：为官清廉有节操，却非常喜欢计较财物得失，这是第二个矛盾之处。

⑤憎人学问：讨厌别人做学问。

郗家有伧奴

郗司空①家有伧奴②，知③及文章，事事有意④。王右军⑤向刘尹⑥称之，刘问："何如方回⑦？"王曰："此正小人有意向耳，何得便比方回？"刘曰："若不如方回，故是常奴耳。"⑧

【注释】

①郗司空：这里指郗鉴。

②伧（cāng）奴：当时的南方人对北方人的蔑称。

③知：知道，懂得。

④意：意趣。

⑤王右军：这里指王羲之。

⑥刘尹：这里指刘惔。

⑦方回：郗愔，字方回，是司空郗鉴的儿子，纯朴沉静，历任会稽内史、刺史等职。

⑧正：只。这两句意思为：王羲之说："他不过是一个有一些志向的下人罢了，哪里比得上方回！"刘惔说："如果是这样，那么他也只不过是一个普通的奴仆罢了。"

桓温嘲殷浩

殷侯既废①，桓公语诸人曰："少时与渊源共骑竹马，我弃去，己辄取之，故当出我下。"②

【注释】

①殷侯既废：这里的殷侯指殷浩，他于永和八年（352）奉命北伐，进攻许昌和洛阳，次年在许昌大败。桓温一向忌妒他，乘机上奏章弹劾他，随后他就被废为庶人，流放东阳。永和十二年（356），殷浩病死于东阳。

②全文意思为：殷浩被罢官以后，桓温对大家说："我小的时候，和殷浩一起骑竹马，他总是捡我扔掉的竹马，由此可以看出他原本就不如我。"

刘惔赞王濛

刘尹、王长史同坐，长史酒酣起舞。刘尹曰："阿奴今日不复减向子期。"①

【注释】

①向子期：向秀，字子期。全文意思为：刘惔和王濛坐在一起，王濛喝酒喝到兴头上时，就跳起舞来。刘惔说："你今天不逊色于向子期。"这里形容王濛具有向秀那样脱俗清雅的韵味。

郗超论谢万

谢万①寿春②败后，简文问郗超："万自可败，那得乃尔失士卒情？"③超曰："伊以率任之性，欲区别智勇。④"

①谢万：谢安的弟弟。

②寿春：今安徽寿州。

③那得：为什么。乃尔：如此；这样。这一句的意思为：简文帝问郗超："谢万战败不足为奇，可是他怎么会如此大失军心呢？"晋穆帝升平三年（359），谢万受命北伐，由于他轻狂傲慢，不能安抚将士、团结军心，结果军队溃散，大片土地被燕国攻占，他单独狼狈而逃，后来被废为庶人。

④全句意思为：他一向任性、放纵，认为智谋和勇敢是可以分开的。

桓温欲言又止

有人问谢安石、王坦之优劣于桓公①。桓公停②欲言，中③悔，曰："卿喜传人语④，不能复语卿。"

【注释】

①桓公：这里指桓温。

②停：正。

③中：中途，中道。

④传人语：把别人的话传来传去，让大家都知道。

刘瓛论王坦之

　　王中郎①尝问刘长沙②曰："我何如苟子③？"刘答曰："卿才乃当不胜苟子，然会名④处多。"王笑曰："痴⑤。"

【注释】

　　①王中郎：这里指王坦之。

　　②刘长沙：刘瓛（shì），字文时，东晋彭城（今江苏徐州）人，曾经担任过长沙相，因此这样称呼他。

　　③苟子：王脩，苟子是他的小名。

　　④会名：领悟道理。

　　⑤痴：指傻话。

孙绰讽袁羊

　　简文问孙兴公①："袁羊②何似？"答曰："不知者不负其才，知之者无取其体。"③

【注释】

　　①孙兴公：孙绰。

　　②袁羊：袁乔，字彦叔，小字羊，博学有文才，桓温曾经举荐他为司马。

　　③这一句意思为：孙绰回答说："不了解他的人非常重视他的

才能，而了解他的人又看不起他的人品和德行。"

庾道季论精神

庾道季①云："廉颇、蔺相如②虽千载上死人，懔懔③恒如有生气；曹蜍④、李志⑤虽见在⑥，厌厌⑦如九泉下人。人皆如此，便可结绳而治⑧，但恐狐狸猯狢⑨啖尽。"⑩

【注释】

①庾道季：庾龢（hé），字道季，庾亮之子。

②廉颇、蔺相如：战国时期赵国名臣。

③懔懔：同"凛凛"，敬畏的样子。

④曹蜍（chú）：曹茂之，字永世，东晋彭城（今江苏徐州）人，官至尚书郎。

⑤李志：字温祖，东晋江夏（今属河南）人，官至南康相。

⑥见在：指现在还活着。见，同"现"。

⑦厌厌（yān yān）：精神萎靡不振。

⑧结绳而治：语出《周易·系辞下》："上古结绳而治，后世圣人易之以书契。"远古时代没有文字，用结绳记事的方法来帮助记忆，一般来说，大事打大结，小事打小结。

⑨猯（tuān）：野猪。狢（hé）：同"貉"，是狸猫的别称。

⑩全文的意思为：庾龢说："廉颇和蔺相如虽然过世一千多年了，可是他们仍然正气凛然，好像还活着一样；曹蜍和李志虽然还在世，却一副萎靡不振的样子，好像死人似的。如果人人都像

曹蜍、李志二人那样，就要回到结绳记事的原始时代，那样恐怕人都被野兽吃光了。"

谢安论庾亮

王子敬①问谢公②："林公何如庾公？"谢殊不受，答曰："先辈初无论，庾公自足没林公。"③

【注释】

①王子敬：王献之，字子敬。

②谢公：这里指谢安。

③这一句的意思为：谢安不赞成这样比较，他说："祖先们从来没有这样类比过，（因为）庾公显然超过林公。"

谢安敬七贤

谢遏①诸人共道竹林②优劣，谢公云："先辈初不臧贬③七贤。"

【注释】

①谢遏：谢玄，小名遏。

②竹林：指"竹林七贤"。

③臧贬：褒和贬。"竹林七贤"在当时声望都很高，所以一般的人不评论他们的优劣。

谢安赞献之

王黄门①兄弟三人②俱诣谢公，子猷、子重多说俗事，子敬寒温而已③。既出，坐客问谢公："向④三贤孰愈⑤？"谢公曰："小者最胜。"客曰："何以知之？"谢公曰："吉人之辞寡，躁人之辞多。推此知之。⑥"

【注释】

①王黄门：王徽之，曾任黄门侍郎，因此这样称呼他。

②兄弟三人：指王徽之（王羲之第五子，字子猷）、王操之（王羲之第六子，字子重）、王献之（王羲之第七子，字子敬）三兄弟。

③寒温而已：寒暄几句罢了。

④向：刚才。

⑤愈：优秀。

⑥"吉人之辞寡"句：语出《周易·系辞下》："吉人之辞寡，躁人之辞多。"吉人：善良、贤明的人。躁人：急躁、浮躁的人。这两句的意思为：美善之人话很少，浮躁的人话很多。我就是从这两句话推断而知的。

献之论书法

谢公问王子敬："君书何如君家尊①？"答曰："固当不同②。"公曰："外人论殊不尔。③"王曰："外人那得知？④"

①君家尊：您的父亲，这里指王献之的父亲王羲之。王献之擅长草书、隶书，当时有人认为他的书法骨力比不上王羲之，而有的人则认为他超过了他父亲。

②固当不同：当然不一样了。

③全句意思为：外面的议论根本不是这样的。

④全句意思为：外人又怎么可能懂得（其中的区别）呢？

人固不可以无年

王珣①疾，临困②，问王武冈③曰："世论以我家领军比谁？④"武冈曰："世以比王北中郎⑤。"东亭转卧向壁，叹曰："人固不可以无年⑥！"

【注释】

①王珣（349—400）：字元琳，与殷仲堪、王恭等人均以才学被孝武帝所知，历任尚书令，被封为东亭侯。他精通书法，尤其擅长隶书，其代表作《伯远帖》一直被书法家、收藏家视为稀世珍宝。

②困：死亡，性命危在旦夕。

③王武冈：王谧（mì），字稚远，王导的孙子，袭爵武冈侯。

④领军：这里指王洽，王导的儿子，王珣的父亲，擅长书法，曾拜领军，三十六岁时去世。这一句的意思为：在世人的评论中，

我家领军被比作哪一位?

⑤王北中郎:指王坦之,他曾经担任过北中郎将。

⑥无年:早亡,不长寿。在王珣看来,自己的父亲才能和德行都应该超过王坦之,只是因为去世得太早了,所以声望并不大,世人才把他和王坦之相提并论。

王桢之智答桓玄

桓玄为太傅①,大会,朝臣毕集。坐裁②竟,问王桢之③曰:"我何如卿第七叔④?"于时宾客为之咽气⑤。王徐徐答曰:"亡叔是一时之标,公是千载之英。"⑥一坐欢然。

【注释】

①太傅:应为"太尉",桓玄只担任过太尉,没有担任过太傅。

②裁:通"才"。

③王桢之:王徽之的儿子,东晋时官至大司马长史。

④卿第七叔:指王献之。

⑤咽气:气塞,屏气,指大家紧张得屏住气息。因为桓玄性情暴躁,平时喜欢王羲之和王献之的书法,并常以王献之自比。此时,王桢之如果回答不好,很容易触怒他。

⑥标:典范。这一句的意思为:王桢之从容地回答说:"我那过世的叔叔是一代人的典范,而您是千古的英才。"

规箴第十

【题解】

规箴，指对他人的言行予以规劝和告诫。本篇中的故事内容广泛，规劝方法也多种多样，反映了魏晋时期士人率真、耿直的性格特点。

京房警汉元帝

京房①与汉元帝共论，因问帝："幽、厉之君②何以亡？所任③何人？"答曰："其任人不忠。"房曰："知不忠而任之，何邪？"曰："亡国之君各贤④其臣，岂知不忠而任之？"房稽首曰："将恐今之视古，亦犹后之视今也。"⑤

【注释】

①京房：西汉"京氏学"的创始者，本姓李，字君明，汉元帝时立为博士，任皇帝的侍从官，后来因为劾奏石显等人专权，被降为魏郡太守，不久死于狱中。

②幽、厉之君：厉：指周厉王，是西周时代的君主，在位时残暴无道，最终被国人流放。幽：指周幽王，厉王的孙子，在位

时沉迷酒色，宠幸美人褒姒，烽火戏诸侯，后来犬戎入侵，把他杀死。石显等人专权时，京房认为他们终将成为朝廷的大患，所以借周幽王、周厉王的故事向汉元帝进谏。

③任：任用，选用。

④贤：将其视为贤才。

⑤稽（qǐ）首：古代一种最为恭敬的礼节，行礼时跪下，拱手至地，叩头至地。这一句的意思为：京房于是恭敬地跪拜，说道："我们今天对古人的看法，恐怕跟后人对今人的看法一样。"

覆亡是惧，何敢言盛

孙皓问丞相陆凯①曰："卿一宗在朝有几人？"陆曰："二相、五侯，将军十余人。"皓曰："盛哉！"陆曰："君贤臣忠，国之盛也；父慈子孝，家之盛也。今政荒民弊，覆亡是惧，臣何敢言盛！"②

【注释】

①陆凯：字敬风，和丞相陆逊为同族。

②覆亡是惧：惧怕的是国家灭亡。这一句的意思为：陆凯说："君主贤明，大臣尽忠，这才是兴旺的国家；父母慈爱，儿子孝顺，这才是兴旺的家庭。如今政务荒废，民不聊生，我担心国家灭亡，还怎么敢说兴旺！"吴主孙皓性情暴虐，陆凯却直言敢谏，不过由于他的家族在东吴十分强盛，因此孙皓并不敢杀害他。

卫瓘装醉进谏

晋武帝既不悟太子之愚，必有传后①意，诸名臣亦多献直言。帝尝在陵云台上坐，卫瓘在侧，欲申其怀②，因如醉，跪帝前，以手抚床曰："此坐可惜③！"帝虽悟，因笑曰："公醉邪？"

【注释】

①后：古代对君主的称谓，这里指皇位。

②怀：想法，心意。这里指规劝武帝另立太子。

③此坐可惜：指让司马衷登上帝位太令人惋惜了。泰始三年（267），晋武帝立次子司马衷为皇太子。太子当时八岁，才智平庸，毫不上进，朝廷大臣都认为他不能担起治国大任，所以太子少傅卫瓘总想奏请晋武帝废掉太子。后来，晋武帝以政务来考太子，司马衷不知该怎样作答，太子妃（贾南风）请人代答，呈送武帝，武帝看了向群臣夸耀，废太子一事便作罢。

一物降一物

王夷甫妇，郭泰宁女，才拙而性刚，聚敛无厌，干豫人事。①夷甫患之而不能禁②。时其乡人幽州刺史李阳，京都大侠，犹汉之楼护，郭氏惮之。③夷甫骤谏之，乃曰："非但我言卿不可，李阳亦谓卿不可。"郭氏小为之损。④

【注释】

①郭泰宁：郭豫，字太宁，一字泰宁，曾经担任过相国参军，早逝。这一句的意思为：王夷甫的妻子是郭泰宁的女儿，笨拙而又倔强，搜刮财物贪得无厌，喜欢干涉别人的事情。

②禁：制止。王衍的妻子和晋惠帝司马衷的皇后贾氏是表姐妹，碍于皇后的权势，王衍无法约束妻子。

③楼护：字君卿，西汉时齐地（今山东淄博）人，重义气，能舍己助人，受到当时的人称誉。这一句的意思为：当时王衍有一位同乡名叫李阳，他曾经担任过幽州刺史，是京都的一个大侠客，如同汉代的楼护，王夷甫的妻子郭氏非常害怕他。

④骤：屡次。损：收敛。这两句的意思为：王夷甫时常告诫妻子说："不只我一个人说你，就连李阳也认为你不能这样。"郭氏听了这番话，才稍加收敛。

王衍讳言钱

王夷甫雅尚玄远，常嫉其妇贪浊，口未尝言"钱"字。①妇欲试之，令婢以钱绕床，不得行。夷甫晨起，见钱阂行，呼婢曰："举却阿堵物！"②

【注释】

①雅：素来。玄远：玄理，指玄妙的义理。贪浊：贪婪，污浊。这一句的意思为：王衍一向崇尚玄妙的玄理，非常讨厌妻子

的贪得无厌，所以从来不说"钱"字。

②阂（hé）：阻碍。阿堵：这，六朝时人们的口语。这一句的意思为：一天早晨，王衍起床后看见钱阂着自己走路，就召唤婢女说："拿走这些东西！"

平子谏嫂

王平子①年十四五，见王夷甫妻郭氏贪，欲令婢路上儋②粪。平子谏之，并言不可。郭大怒，谓平子曰："昔夫人③临终，以小郎④嘱⑤新妇，不以新妇嘱小郎。"急捉衣裾⑥，将与杖。平子饶力⑦，争得脱，逾窗而走。⑧

【注释】

①王平子：王衍的弟弟王澄。

②儋：同"担"，肩挑。

③夫人：这里指婆婆。

④小郎：小叔子。

⑤嘱：嘱托，托付。

⑥裾（jū）：衣襟。

⑦饶力：指力气大。

⑧全文的意思为：王澄十四五岁时，看见哥哥的妻子郭氏很贪婪，竟然叫府中的婢女到路上担粪。王澄劝告嫂嫂，说这样是不妥的。郭氏听了非常生气，对王澄说："当初老夫人过世时，把你托付给我了，可没有把我托付给你。"说完就抓住平子的衣服，

要拿棍子打他。王澄力气大，努力挣脱，从窗户跳出去，逃走了。

元帝戒酒

元帝过江犹好酒，王茂弘①与帝有旧，常流涕谏，帝许之，命酌酒一酣，从是遂断。②

【注释】

①王茂弘：王导，字茂弘。

②全文的意思为：晋元帝南渡之后，还是喜欢喝酒，王导和元帝向来有感情，常常含泪劝阻元帝（不要喝酒），元帝终于答应了，随后叫人倒酒过来，畅饮了一番，从此以后就戒了酒。

巧言良箴

陆玩①拜司空，有人诣之索美酒，得，便自起泻著梁柱间地，祝曰："当今乏才，以尔为柱石之用，莫倾人栋梁。"玩笑曰："戢②卿良箴。"③

【注释】

①陆玩（278—341）：字士瑶，吴郡吴县（今江苏苏州）人，东吴丞相陆逊的侄孙，历任侍中、司空等职。

②戢（jí）：收藏，引申为记住。

③全文的意思为：陆玩被授予司空一职，有一位客人去看望他，向他要了一杯美酒，酒端上来之后，这位客人便站起身来，把酒往梁柱之间的地面上一泼，祝祷说："当前缺少良才，你既然担起了国家的重任，可千万不要让国之栋梁坍塌。"（希望陆玩不要让国家倾覆。）陆玩听了，笑着说："我记住了你的良言。"

谢万求玉帖镫

谢中郎在寿春败①，临奔走，犹求玉帖镫。②太傅在军，前后初无损益之言，尔日犹云："当今岂须烦此？"③

【注释】

①谢中郎在寿春败：谢中郎名谢万，他是谢安的弟弟，曾经担任过西中郎将、豫州刺史，奉命北伐，不战而溃败。当时谢安还没有出仕做官，只以平民身份随军出征，帮助谢万处理事务。

②玉帖镫（dèng）：用玉装饰的马镫。这两节的意思为：谢万在溃败逃走之际仍在寻找精制的玉帖镫。

③太傅：这里指谢安。损益：批评或诤谏。尔日：这一天。这一句的意思为：谢安跟随弟弟从军，从来没有提过什么批评或劝谏的话，这一天也终于忍不住说："现在哪里还需要麻烦地寻找这种东西？"

捷悟第十一

【题解】

捷悟，指思维灵活，能迅速领悟事理。在突然遇到一件事时，在普通人还没能理解的时候，根据思考、分析，做出精准的判断，这是一种很高的理解力和悟性。

杨修解字

杨德祖为魏武主簿，时作相国门，始构榱桷，魏武自出看，使人题门作"活"字，便去。①杨见，即令坏之。既竟，曰："'门'中'活'，'阔'字。王正嫌门大也。"②

【注释】

①杨德祖：杨修（175—219），字德祖，有才学，有悟性，曹操任丞相时被任命为主簿，后来被曹操疑忌，惨遭杀害。相国门：相国府的门。榱桷（cuī jué）：椽子。这一句的意思为：杨修在曹操手下任主簿，当时正在建造相国府的大门，才刚刚架起椽子，曹操亲自察看了一番，让人在大门上写了一个"活"字，然后就离开了。

②坏：弄坏，拆毁。这一句至结尾的意思为：杨修见状，立

刻让人拆毁大门。大门被拆之后，杨修说："'门'字里加上一个'活'字，是'阔'字，可见魏王嫌门太大了。"

人啖一口

人饷①魏武一杯酪，魏武啖少许，盖头②上题"合"字以示众，众莫能解。次至杨修，修便啖，曰："公教人啖一口③也，复何疑？"

【注释】

①饷：赠送。

②盖头：覆盖用的丝麻织品。

③教人啖一口："合"字拆开，就是人、一、口三个字，意为一人吃一口。

绝妙好辞

魏武尝过曹娥碑①下，杨修从。碑背上见题作"黄绢幼妇，外孙齑臼"②八字，魏武谓修曰："解不？"答曰："解。"魏武曰："卿未可言，待我思之。"行三十里，魏武乃曰："吾已得。"令修别记所知。修曰："黄绢，色丝也，于字为'绝'；幼妇，少女也，于字为'妙'；外孙，女子也，于字为'好'；齑臼，受辛③也，于字为'辞'：所谓

'绝妙好辞'也。"魏武亦记之，与修同，乃叹曰："我才不及卿，乃觉三十里。"④

【注释】

①曹娥碑：曹娥是一位孝女，东汉上虞（今属浙江）人，她的父亲溺水而死，她为寻找父亲的尸首投江而死。县令度尚被她的孝心打动，命才子邯郸淳撰文记述了这件事，并为她立了墓碑，即曹娥碑。

②黄绢幼妇，外孙齑臼（jī jiù）：臼：石头做的用来舂东西的器具。相传，东汉末年，文学家蔡邕路过上虞时，曾经特地去观看了曹娥碑，但这时天色已晚，看不见碑文，于是蔡邕就在暮色中用手抚摸着读完了碑文，然后在碑的背面题了八个大字："黄绢幼妇，外孙齑臼。"这是对碑文的评价，但是当时的人都不明白这八个字是什么意思。

③受辛：古时用石臼舂菜时，会加入一些蒜之类的佐料，所以这里的受辛指的是石臼要承受辛辣的味道。

④觉：同"较"，相差，相距。这一句的意思为：曹操也把自己所解的字写了下来，结果和杨修的一模一样，因此曹操不禁感叹地说："我的才思比不上你，跟你竟然相差三十里。"

竹片为盾

魏武征袁本初，治装，余有数十斛竹片，咸长数寸。①众云并不堪用，正令烧除。太祖思所以用之，谓可为竹椑

楯，而未显其言。^②驰使问主簿杨德祖，应声答之，与帝心同。众伏其辩悟。^③

【注释】

①袁本初：袁绍（？—202），字本初。斛（hú）：古代量器，十斗为一斛。咸：全，都。全句意思为：曹操要讨伐袁绍，于是整理军事装备，剩下了几十斛几寸长的竹片。

②竹椑楯（pí dùn）：椭圆形的竹盾牌。全句意思为：曹操思考了一番，希望这些竹片能够得到妥善的利用，最后认为可以用来制作椭圆形的竹盾牌，只是没有把这个想法说出来。

③伏：通"服"，佩服。辩：聪明。这一句的意思为：他派人速去问杨修，杨修随口就答复了来人，他的回答和曹操的想法一样。大家见杨修既擅长言辞又具有极高的悟性，都非常佩服他。

夙惠第十二

【题解】

夙惠（"惠"同"慧"），即早慧，指从小就聪明过人。本篇的事例讲的都是少年儿童在记忆力、观察力以及推理、礼仪等方面的优秀表现。

两小儿窃听

宾客诣陈太丘宿，太丘使元方、季方炊。客与太丘论议，二人进火，俱委而窃听，炊忘著箅，饭落釜中。①太丘问："炊何不馏②？"元方、季方长跪曰："大人与客语，乃俱窃听，炊忘著箅，饭今成糜③。"太丘曰："尔颇有所识不？"对曰："仿佛志之。"二子俱说，更相易夺，言无遗失。太丘曰："如此，但糜自可，何必饭也！"④

【注释】

①陈太丘：陈寔。箅（bì）：箅（bì）子。前两句的意思为：有位客人来陈寔家拜访他，晚上住在他家，陈寔就叫两个儿子元方和季方准备晚饭，他自己则和客人交谈。元方兄弟两人把火点上后，都去偷听，以至于蒸饭时忘了放上竹箅，使要蒸的饭都掉

到锅里去了。

②馏：把半熟的食物蒸熟。

③糜：粥。

④仿佛：大概。更：交替。易夺：改正补充。"太丘曰"至末尾的意思为：陈寔问："你们两个记住了一些吗？"兄弟两人回答说："大概记得。"于是兄弟俩一起回答，互相穿插补正，把他们听到的一切都说了出来。陈寔说："既然如此，吃粥就足够了，何必吃饭呢！"

何晏画地为屋

何晏七岁，明惠若神，魏武奇爱之。①因晏在宫内，欲以为子。晏乃画地令方，自处其中。人问其故，答曰："何氏之庐也。"魏武知之，即遣还。②

【注释】

①这一句的意思为：何晏七岁的时候，就像有神仙帮助一样，聪明过人，曹操十分喜爱他。何晏的父亲去世较早，曹操娶了何晏的母亲尹氏，并把何晏收为养子，对何晏非常好。

②"晏乃画地"句至末尾的意思为：何晏就在地上画了一个方形的格子，然后一个人待在其中。别人问他这是什么意思，他回答："这是何家的房子（表明自己不愿改姓曹）。"此事传到了曹操的耳朵里，曹操随即把他送回了何家。

豪爽第十三

【题解】

豪爽，指性格豪放，行事直爽。魏晋时代，名士追求"任自然"的自由状态，豪爽成为人们欣赏的气度之一。

王敦擂鼓

王大将军①年少时，旧有田舍名②，语音亦楚③。武帝唤时贤共言伎艺事，人皆多有所知，唯王都无所关，意色殊恶。④自言知打鼓吹，帝令取鼓与之，于坐振袖而起，扬槌奋击，音节谐捷，神气豪上，傍若无人。举坐叹其雄爽。⑤

【注释】

①王大将军：这里指王敦。

②田舍名：指被人蔑称为乡巴佬。

③楚：楚音方言。

④伎艺：这里指歌舞。这一句的意思为：晋武帝召见当时的名流前来，与他们一起谈论技能、才艺等话题，别人都懂得很多，

只有王敦对这些话题一无所知，所以他的脸色很难看。

⑤鼓吹：指鼓箫等乐器合奏。雄爽：雄壮，豪爽。"自言知"句至末尾的意思为：（王敦）自称只会击鼓和吹箫，晋武帝叫人拿鼓来，王敦从座位上挥臂而起，扬起鼓槌，奋力地敲打起来。鼓声急促而又和谐，气概豪迈而又激昂，旁若无人。在座的人见他如此雄壮、豪爽，都赞叹不已。

王敦驱婢

王处仲，世许高尚之目，尝荒恣于色，体为之弊。① 左右谏之，处仲曰："吾乃不觉尔，如此者甚易耳！"乃开后阁，驱诸婢妾数十人出路，任其所之，时人叹焉。②

【注释】

①荒恣：放纵。这一句的意思为：世人用品德高尚来评价王敦，不过，他曾经纵情声色，身体也因此而疲惫、困顿。

②阁：阁楼。这两句的意思为：身边的人规劝他，他说："我竟然没有清醒地看到问题所在！如果是这种问题，解决起来再容易不过了。"于是打开屋后的阁楼，放走了几十个婢妾，任由她们自寻出路，当时人对此十分赞叹。

王敦咏志

王处仲每酒后，辄咏"老骥伏枥，志在千里。烈士暮年，壮心不已"①。以如意②打唾壶③，壶口尽缺。

【注释】

①"老骥"两句：引自曹操的《步出夏门行·龟虽寿》。骥：千里马。枥：马厩。这两句的大意是：千里马老了，卧在马厩里，可它的志向却在于奔驰千里；壮士到了晚年，雄心壮志并没有减少。随着权势的增大，王敦想掌握朝政大权，晋元帝对他既怕又恨，就重用刘隗等人，想压制王敦，因此王敦经常吟咏曹操这首诗，以表达自己心中的不平。

②如意：器物名，用竹、玉等做成，柄微微弯曲，用来搔痒或赏玩。

③唾壶：痰盂。

太子西池

晋明帝欲起池台①，元帝不许。帝时为太子，好武养士，一夕中作池，比晓便成。今太子西池②是也。③

【注释】

①池台：泛指池苑楼台。

②太子西池：池名，据说是孙吴时代挖成的，叫西苑，后来淤泥积满，晋明帝当太子时又修复，故俗称太子西池。

③全文的意思为：晋明帝想挖池沼，修建亭台，他的父亲晋元帝没有同意。当时明帝还是太子，他喜欢养武士，就让这些人去修建池塘。这些人忙了一个晚上，到第二天天亮时就完工了，这就是现在的太子西池。

桓温读《高士传》

桓公①读《高士传》，至於陵仲子②，便掷去，曰："谁能作此溪刻自处！③"

【注释】

①桓公：桓温。

②於（wū）陵仲子：於陵：古代地名，位于今山东邹平东南一带。仲子：陈仲子，字子终，战国时齐国的隐士。《高士传》中记载：陈仲子住在於陵，夫妻俩靠编草鞋、织布过活。他哥哥任齐国丞相，仲子认为哥哥的俸禄是不义之财，分文不取。一次，有人送他哥哥一只鹅，他母亲杀给他吃，当他知道这只鹅是别人送给他哥哥的，就立刻吐了出来。楚王想请他出任丞相，他带着妻子逃到别处，靠给人浇园为生。

③作此溪刻自处：溪刻指行事苛刻，不近情理。这一句的意思为：谁能用这种苛刻的、不近情理的做法来对待自己！

容止第十四

【题解】

容止，指人的仪表举止。士族阶层讲究仪容举止，这种时尚和风气是魏晋风流的重要标志。容止有时偏重于讲仪容，有时偏重于讲举止。本篇中所叙述的对象都是男性，以生动的语言反映了当时人的审美观。

曹操杀使者

魏武将见匈奴使，自以形陋，不足雄远国，使崔季珪代，帝自捉刀立床头。①既毕，令间谍问曰："魏王何如？"匈奴使答曰："魏王雅望非常，然床头捉刀人，此乃英雄也。"魏武闻之，追杀此使。②

【注释】

①雄：威慑，显示威严。崔季珪：崔琰，字季珪，先事袁绍，后在曹操手下任职，仪表堂堂，很有威仪。这一句的意思为：曹操将要接见匈奴使者，他认为自己的相貌不足以震慑对方，于是叫崔琰代替他，他自己则手握着刀站在崔琰旁边。

②"既毕"句至结尾的意思为：接见过后，曹操派密探去问匈奴使者说："魏王怎么样？"匈奴使节回答说："魏王仪态高雅，不是一般人能比的，可是握刀站在他身边的那个人才是真正的英雄啊！"曹操听了这话，派人把这个使者杀了。

面如傅粉

何平叔美姿仪，面至白。魏明帝疑其傅粉，正夏月，与热汤饼。①既啖，大汗出，以朱衣自拭，色转皎然。②

【注释】

①何平叔：何晏，字平叔。傅粉：搽粉。魏晋时期的贵公子有傅粉的风气。傅，通"敷"。汤饼：汤面。这两句的意思为：何晏相貌秀美，肤色细嫩洁白。魏明帝怀疑他搽了粉，当时正好是夏天，就给他吃热汤面（想看看他是不是真的很白）。

②朱衣：汉代名士所穿的公服大多是红色的。皎然：形容白而亮。这一句的意思为：何宴吃完热汤面以后，大汗淋漓，撩起官服擦脸，脸色反而更加白净光洁。

嵇康有风仪

嵇康身长七尺八寸，风姿特秀。见者叹曰："萧萧肃肃，爽朗清举①。"或云："肃肃如松下风，高而徐引。"②山公曰："嵇叔夜之为人也，岩岩若孤松之独立；其醉也，傀俄若玉山之将崩。"③

【注释】

①萧萧肃肃：形容风度翩翩。清举：挺拔清高。

②肃肃：象声词，用来形容风声。徐引：舒缓绵长。全句意思为：有人说："他像松树间肃肃作响的风声，高远而绵长。"

③岩岩：形容人或事物高峻、威武。傀（guī）俄：同"巍峨"，形容高大雄伟。全句意思为：山涛评论他说："嵇康的为人，傲然独立像高大挺拔的孤松一样；他喝醉酒时，像快要崩塌的巍巍玉山一样。"

潘安美貌，左思丑颜

潘岳妙有姿容，好神情。①少时挟弹出洛阳道，妇人遇者，莫不连手共萦之。②左太冲绝丑，亦复效岳游遨。于是群妪齐共乱唾之，委顿而返。③

【注释】

①神情：神态风度。这一句的意思为：潘岳有俊秀的容貌和优雅的姿态。

②萦：围绕。东晋裴启的《语林》中说，潘岳外出时，年轻的妇女们都围着他，并往他的车里扔水果。成语"掷果盈车"就来自这个典故。这一句的意思为：潘岳年轻时，夹着弹弓走在洛

阳的大街上，遇到他的妇女手拉着手围绕着他。

③左太冲：左思，字太冲。委顿：很疲乏。这两句的意思为：左思相貌特别丑陋，他向潘岳学习，也外出游玩。妇女们（见了他）一齐朝他吐唾沫，弄得他萎靡不振，只好回去了。

王衍肤白

王夷甫容貌整丽，妙于谈玄。恒捉白玉柄麈尾，与手都无分别。①

【注释】

①全文意思为：王衍容貌秀丽，精通玄理，经常拿着以白玉为柄的麈尾，玉柄的颜色和他的手的颜色一模一样。

珠联璧合

潘安仁、夏侯湛①并有美容，喜同行，时人谓之"连璧②"。③

【注释】

①夏侯湛（约243—291）：字孝若，沛国谯县（今安徽亳州）人，西晋文学家，担任过中书侍郎、南阳相、散骑常侍等职。

②连璧：璧是一种玉器，连璧指两块璧玉并列，比喻并美。

③全文意思为：潘安仁和夏侯湛二人长相都很俊美，而且喜欢一同出行，当时的人都说他们是连在一起的璧玉。

刘伶质朴

刘伶①身长六尺，貌甚丑悴，而悠悠忽忽②，土木形骸。③

【注释】

①刘伶（约221—300）：字伯伦，魏晋时期沛国（今安徽淮北市濉溪县）人，喜欢喝酒，宣扬老庄思想，蔑视传统礼法，强调无为而治，曾经担任过建威将军王戎的参军，是"竹林七贤"中社会地位最低的人。

②悠悠忽忽：飘然自在的样子。

③土木形骸：不加修饰，保持身体的自然状态。全文意思为：刘伶身材矮小，相貌丑陋，脸色憔悴，但是他一副悠闲自在的样子，看起来就像土木一样质朴而又自然。

看杀卫玠

卫玠从豫章至下都，人久闻其名，观者如堵墙。①玠先有羸疾，体不堪劳，遂成病而死。时人谓"看杀卫玠"。②

【注释】

①下都：指东晋的京都建康。西晋旧都在洛阳，东晋新都在建康，位于洛阳以南，所以称之为下都。这一句的意思为：卫玠从豫章来到建康，人们很早就听说了他的大名，都赶来看他，把现场围得像墙壁一样。

②羸疾：体弱多病。看杀：被看死了。后两句的意思为：卫玠的身体本来就很虚弱，受不了这种劳累，于是得病而死。当时的人都说"卫玠是被看死的"。

王羲之叹杜乂

王右军见杜弘治，叹曰："面如凝脂，眼如点漆，此神仙中人。"①时人有称王长史形者，蔡公曰："恨诸人不见杜弘治耳。"②

【注释】

①王右军：这里指王羲之。杜弘治：杜乂，他以性情温和、相貌英俊而闻名。凝脂：凝固的油脂，形容人皮肤白嫩。这一句的意思为：王羲之见到杜乂，赞叹说："他的脸嫩白得像凝结的油脂一样，眼睛黑得像点了漆一样，整个人看起来就像神仙。"

②王长史：这里指王濛。蔡公：蔡谟。这一句的意思为：当时有人称赞王濛的相貌，蔡谟说："遗憾的是这些人都没见过杜乂啊！"

王濛若仙人

王长史为中书郎，往敬和①许。尔时积雪，长史从门外下车，步入尚书②，著公服。敬和遥望，叹曰："此不复似世中人！"③

【注释】

①敬和：王洽，字敬和，丞相王导的儿子，当时与王濛是同僚。

②尚书：指尚书省。

③全文的意思为：王濛担任中书郎的时候，有一次前往王洽的住所。当时连日下雪，王濛来到门外，下了马车，走进尚书省，身上穿着官服。王洽远远地看见雪景衬着王濛，赞叹说："他不像是尘世中的人！"

自新第十五

【题解】

自新，指人改正错误、重新做人。改过自新的思想是中国的传统道德，一直备受重视。本篇的两则故事不但强调了要把聪明才智用于正道，还强调了改正错误之后要振作精神，决不松懈。

周处洗心革面

周处年少时，凶强侠气，为乡里所患。又义兴水中有蛟，山中有邅迹虎，并皆暴犯百姓。义兴人谓为"三横"，而处尤剧。①或说处杀虎斩蛟，实冀三横唯余其一。处即刺杀虎，又入水击蛟。蛟或浮或没，行数十里。处与之俱，经三日三夜，乡里皆谓已死，更相庆。竟杀蛟而出，闻里人相庆，始知为人情所患，有自改意。乃入吴寻二陆②，平原不在，正见清河，具以情告，并云："欲自修改，而年已蹉跎，终无所成。"清河曰："古人贵朝闻夕死③，况君前途尚可。且人患志之不立，亦何忧令名④不彰邪？"处遂改励，终为忠臣孝子。

①周处（236—297）：字子隐，西晋义兴（今属江苏）人，官至广汉太守、御史中丞，他于晋惠帝元康七年（297）受命镇压反叛，战死沙场。侠气：指刚强不屈，意气用事。蛟：原本指古代传说中的一种能发洪水的龙，这里指鳄鱼。邅（zhān）迹虎：跛脚的老虎。这三句的意思为：周处年轻时，凶悍强横，总是意气用事，乡里人都认为他是祸害。此外，义兴郡的河里还有鳄鱼出没，山上则有跛脚虎潜伏，它们也残暴地侵害百姓。于是当地人就把周处、蛟和跛脚虎合称为"三害"，而三者中周处的危害最大。

②二陆：指陆机、陆云。陆机在晋朝曾任平原内史，陆云曾任清河内史，下文所提到的平原、清河也指他们。不过，据史料推断，陆机出生于公元261年，比周处小二十五岁，所以周处年少的时候不可能寻访二陆。

③朝闻夕死：引用《论语·里仁》："朝闻道，夕死可矣。"指早上听到了真理，就算晚上死去也不算虚度一生了。

④令名：美名，好的名声。

戴渊改过自新

戴渊①少时，游侠②不治行检③，尝在江、淮间攻掠商旅。陆机赴假④还洛，辎重⑤甚盛。渊使少年掠劫，渊在岸上，据胡床指麾左右，皆得其宜。⑥渊既神姿锋颖，虽处鄙事，神气犹异。⑦机于船屋上遥谓之曰："卿才如此，亦复作劫⑧邪？"渊便泣涕，投剑归机，辞厉⑨非常。机弥重之，定交⑩，作笔荐焉。过江，仕至征西将军。

【注释】

①戴渊：即戴俨，字若思，晋朝广陵人，担任过征西将军。

②游侠：指重信义、轻生死的人。

③行检：品行。

④赴假：休假结束之后销假赴职。

⑤辎重：行李。

⑥指麾：同"指挥"。这一句的意思为：戴渊指使一群年轻人去抢劫，当时他自己待在河岸上，靠着椅子指挥手下的人，把事情安排得井井有条。

⑦这一句的意思为：戴渊原本就仪态非凡，虽然他干的是抢劫这种坏事，但是神采依然与众不同。

⑧劫：劫匪；强盗。

⑨辞厉：言辞激切。

⑩定交：结为朋友。

企羡第十六

【题解】

企羡，指企盼仰慕。让魏晋名士仰慕的对象，既有同时代的显达、贤德的人士，也有被世代传颂的历史英雄，不过赞美的核心都在于这些人物非凡的气质和高雅的情操。

桓廷尉路窥王导

王丞相拜司空，桓廷尉作两髻、葛裙、策杖，路边窥之，①叹曰："人言阿龙②超③，阿龙故自超。"不觉至台门。④

【注释】

①王丞相：这里指王导。桓廷尉：这里指桓彝，他以善于品评识鉴人物而著称。两髻：把头发梳成两个髻。这一句的意思为：丞相王导被任命为司空，他就任的时候，廷尉桓彝梳起两个发髻，下身穿着葛布做的衣服，挂着拐杖，在路边偷偷地观察他。

②阿龙：王导的小名。

③超：超凡脱俗，出众。

④台门：高贵的门第，这里指官府。这一句的意思为：（桓廷尉）不知不觉地就（跟着王导）来到了官府。

孟昶慕王恭

孟昶未达①时，家在京口。尝见王恭②乘高舆，被鹤氅裘③。于时微雪，昶于篱间窥之，叹曰："此真神仙中人！"

【注释】

①达：显达。

②王恭：他曾经担任过青、兖二州刺史，镇守京口。

③鹤氅裘：用鸟的羽绒絮做成的裘，一般披在短上衣外面。

伤逝第十七

【题解】

伤逝，指伤心地悼念去世的人。怀念死者，表示哀思，是人之常情。相比之下，魏晋时期的士人对情感的理解更加理性，重情与钟情也成为名士之风的重要组成部分。

曹丕吊王粲

王仲宣①好驴鸣。既葬，文帝临其丧，顾语同游曰："王好驴鸣，可各作一声以送之。"赴客皆一作驴鸣。②

【注释】

①王仲宣：王粲（177—217），字仲宣，魏国人，"建安七子"之一，他先投奔刘表，没有得到重用，后来成为曹操的幕僚，随军征讨吴国时病死在路上。

②文帝：魏文帝曹丕。这一句的意思为：安葬王粲时，曹丕去参加葬礼，当时他回头对同行的人说："王仲宣生前很喜欢听驴的叫声，我们可以每人学一声驴叫来送他。"于是参加葬礼的宾客都学了一声驴叫。

张季鹰哭顾荣

顾彦先平生好琴，及丧，家人常以琴置灵床上。^①张季鹰^②往哭之，不胜其恸，遂径上床，鼓琴作数曲，竟，抚琴曰："顾彦先颇复赏此不？"因又大恸，遂不执孝子手^③而出。

【注释】

①顾彦先：顾荣，字彦先，东吴丞相顾雍的孙子，东吴被晋国吞并之后任尚书郎等职。这一句的意思为：顾荣在世时酷爱弹琴，他去世后，家人把琴放在了他的灵床上。

②张季鹰：张翰，字季鹰，他和顾彦先私交很好。不执孝子手：依照古代丧礼，宾客吊丧过后，临走时要与孝子握手，以示安慰。这里说张翰没有与孝子握手，表明他伤痛之极，以至于忽略了礼数。

庾亮思亡儿

庾亮儿遭苏峻难遇害^①。诸葛道明女为庾儿妇，既寡，将改适，与亮书及之。亮答曰："贤女尚少，故其宜也。感念亡儿，若在初没。"^②

①庾亮儿遭苏峻难遇害：咸和二年（327），苏峻起兵叛乱，庾亮的儿子庾会在建康被杀。

②诸葛道明：诸葛恢，字道明。改适：改嫁。贤女：敬称他人的女儿。"诸葛道明"句至末尾的意思为：诸葛道明的女儿是庾会的妻子，她死了丈夫之后，决定改嫁，诸葛恢写信给庾亮，提起了这件事。庾亮回信说："您的女儿现在还很年轻，改嫁是合乎时宜的，只是我还思念我那过世的儿子，觉得他好像刚刚离开人世似的。"

何充悲庾亮

庾文康①亡，何扬州②临葬云："埋玉树③著土中，使人情何能已已！"④

【注释】

①庾文康：庾亮。

②何扬州：何充，他曾经担任过扬州刺史，因此这样称呼他。

③玉树：玉树是传说中的仙树，这里用来比喻庾亮英姿勃发又富有才华。

④全文的意思为：庾亮逝世，何充去送葬，说："把玉树埋进土里，令人悲痛得无法平静啊！"

刘惔痛别王濛

　　王长史[1]病笃，寝卧灯下，转麈尾视之，叹曰："如此人，曾不得四十！"及亡，刘尹[2]临殡[3]，以犀柄麈尾著柩中，因恸绝[4]。

【注释】

　　①王长史：王濛。王濛容貌端正，又善于清谈，去世时才三十九岁。

　　②刘尹：刘惔，他和王濛齐名，跟王濛又是亲密好友，因此王濛病重时他十分难过。

　　③殡：将死人下葬。

　　④恸绝：痛哭得昏死过去。王濛和刘惔都擅长谈玄理，而且像其他清谈者一样，经常手执麈尾，刘惔把麈尾放入王濛的棺木里，体现出知己之情。

王子猷摔琴哭献之

　　王子猷[1]、子敬[2]俱病笃，而子敬先亡。子猷问左右："何以都不闻消息？此已丧矣！"语时了不悲。[3]便索舆来奔丧，都不哭。子敬素好琴，便径入坐灵床上，取子敬琴弹，弦既不调，掷地云："子敬，子敬，人琴俱亡！"因恸绝良久。月余亦卒。[4]

【注释】

①王子猷（yóu）：王徽之，字子猷。

②子敬：王献之，字子敬。

③了：完全。这一句的意思为：王徽之问侍候他的人说："为什么一点儿也听不到子敬的音讯？看来他已经去世了！"说这番话时，他完全没有悲伤的样子。

④从"便索舆"到末尾的意思为：于是王徽之就要车去奔丧，没有流下一滴泪。王献之平时喜欢弹琴，王徽之便径直走进灵堂，坐在灵床上，拿起王献之的琴就要弹，可是怎么也调不好琴弦，就把琴扔到地上，说："子敬，子敬，你的人和琴都死了！"随后就陷入了极度的悲痛之中，久久不能平静。过了一个多月，他也去世了。

栖逸第十八

【题解】

　　栖逸，指避世隐居。魏晋时期，隐逸之风盛行。当时战乱不断，求权夺势的斗争也从未停止，一些对现实不满的人过上了隐居生活；而那些既追求荣华富贵又想寄情于山水之间的人就成了"朝隐"名士，他们以"内足于怀"为目标，但是又不需要像真的隐士那样过清苦、闭塞的生活。通过本篇中的故事，可以看出魏晋名士们超脱的风范。

与山巨源绝交

　　山公①将去②选曹③，欲举嵇康，康与书告绝④。

【注释】

　　①山公：这里指山涛，字巨源。

　　②去：指离任。

　　③选曹：主管选拔官吏的官署。

　　④与书告绝：（嵇康）写了一封信给山涛，宣称他要跟山涛绝交。山涛曾经担任主管官吏任免的官员，后来升任散骑常侍，就推荐同样位列"竹林七贤"的名士嵇康代替他之前的职位。嵇康

与山涛原本是好朋友，但是嵇康不满于当时的政局，不愿意做官。如今嵇康这样做，是他觉得山涛并不了解自己，就写信给山涛，表示要跟山涛绝交，这就是著名的《与山巨源绝交书》。

王羲之赞隐士

阮光禄①在东山，萧然②无事，常内足于怀③。有人以问王右军，右军曰："此君近不惊宠辱，虽古之沉冥，何以过此？"④

【注释】

①阮光禄：阮裕，曾任尚书郎、临海太守，后来长期隐居，不接受朝廷的征召。

②萧然：寂寞。

③内足于怀：内心自足。

④王右军：这里指王羲之。沉冥：深藏不露的人，指代隐士。这一句的意思为：有人向王羲之问起了阮光禄，王羲之说："这位先生近来不因荣辱而动心，即使是古时候的隐士也难以超越这种境界。"

翟道渊不屑周子南

南阳翟道渊①与汝南周子南②少相友，共隐于寻阳。庾太尉说周以当世之务，周遂仕，翟秉志弥固。③其后周诣翟，翟不与语。④

【注释】

①翟道渊：翟汤，字道渊，隐居不出仕。

②周子南：周邵，字子南，曾经隐居，后来被庾亮推举为官，担任过西阳太守。

③庾太尉：这里指庾亮。秉志：指坚持自己的志向。庾亮到江州时，听到翟汤非常有名望，也曾经亲自登门拜访翟汤，并说要推荐翟汤做官，可是翟汤不肯接受。这一句的意思为：庾亮曾经劝说周邵关心时政，于是周邵就出来做官了，但是翟汤隐居的志向更加坚定了。

④诣：拜访。这一句的意思为：后来周邵去拜访翟汤，翟汤却没有理他。

许掾乐山水

许掾①好游山水，而体便②登陟③。时人云："许非徒有胜情，实有济胜之具。"④

【注释】

①许掾：指许询，他曾经被征召为司徒掾，因此这样称呼他。

②便：方便，这里指身体矫健。

③登陟（zhì）：攀登。

④胜情：高雅的情趣。济胜之具：指身体强壮，有精力游山玩水。这一句的意思为：当时的人说："许询不仅有高雅的情趣，而且具有游览山水胜境的好身体。"

贤媛第十九

【题解】

　　贤媛，指有德行、有才智的女子。本篇所记述的大多为魏晋时期上流社会妇女的形象，有的贤淑有礼，有的才华出众，有的智慧过人。她们都形象生动，令人难以忘怀。

昭君远嫁

　　汉元帝①宫人既多，乃令画工图②之。欲有呼者，辄披③图召之。其中常者，皆行货赂④。王明君⑤姿容甚丽，志不苟求，工遂毁为其状。后匈奴来和，求美女于汉帝，帝以明君充行⑥。既召见而惜之，但名字已去，不欲中改⑦，于是遂行。

【注释】

　　①汉元帝：刘奭，西汉皇帝，他曾经与匈奴和亲。

　　②图：绘图，绘画。

　　③披：翻阅。

　　④货赂：贿赂。

⑥充行：冒充皇家之女出行。

⑦中改：中途更改。

班婕妤辩诬

汉成帝①幸②赵飞燕③，飞燕谗班婕妤④祝诅⑤，于是考问⑥。辞曰："妾闻死生有命，富贵在天。修善尚不蒙福，为邪欲以何望？若鬼神有知，不受邪佞之诉；若其无知，诉之何益？故不为也。"⑦

【注释】

①汉成帝：刘骜，西汉皇帝。

②幸：宠幸。

③赵飞燕：原本是歌女，善于歌舞，入宫之后深受宠幸，后来许皇后被废，她被立为皇后。

④班婕妤（jié yú）：东汉史学家班彪的姑母，初入宫时也非常受宠，被封为婕妤，后来因遭赵飞燕诋毁而失宠。婕妤：妃嫔的称号。

⑤祝诅：诅咒。祝，通"咒"。

⑥考问：拷问。

⑦辞：供词。死生有命，富贵在天：语出《论语·颜渊》，指人的生死、富贵都是上天注定的。这一句的意思为：班婕妤的供

词如下："我听说人的死生和富贵都是由上天注定的。做善事尚且不一定能够得到福报，作恶又有什么指望呢？如果鬼神有知觉，他们怎么可能接受那些邪恶、谄媚的祷告？如果鬼神没有知觉，向它祷告又有什么用？所以我不会做这样的事。"

卞太后鄙视曹丕

魏武帝^①崩，文帝^②悉取武帝宫人自侍^③。及帝病困，卞后^④出看疾。太后入户，见直^⑤侍并是昔日所爱幸^⑥者。太后问："何时来邪？"云："正伏魄^⑦时过。"因不复前而叹曰："狗鼠不食汝余，死故应尔！"^⑧至山陵^⑨，亦竟不临。

【注释】

①魏武帝：曹操。

②文帝：曹丕。

③自侍：即侍奉自己。

④卞后：卞王后，是曹操的夫人，曹丕的母亲，曹丕登基之后尊她为皇太后。

⑤直：通"值"，当值，当班。

⑥爱幸：古代指帝王宠爱妇女。

⑦伏魄：同"复魄"。人去世时，拿他平时穿的衣服举行招魂仪式，让魂魄回来，叫作伏魄。这里指为曹操招魂之时。

⑧这一句的意思为：因此太后停下脚步，叹息道："狗和鼠都

不吃你吃剩的食物，你的确该死啊！"这里是卞后骂曹丕行为卑鄙，被人鄙视。

⑨山陵：帝王陵墓，这里指曹丕的葬礼。卞太后鄙视曹丕的为人，即便曹丕后来早逝，她也没去参加他的葬礼。

赵母嫁女

赵母嫁女，女临去，敕①之曰："慎勿为好②！"女曰："不为好，可为恶邪？"母曰："好尚不可为，其况恶乎！"

【注释】

①敕（chì）：告诫。

②慎勿为好：切莫做好事。因为赵母认为做好事会受到别人的妒忌。

诸葛诞女诘王广

王公渊①娶诸葛诞②女。入室，言语始交，王谓妇曰："新妇神色卑下，殊不似公休！"妇曰："大丈夫不能仿佛③彦云④，而令妇人比踪⑤英杰？"⑥

【注释】

①王公渊：王广，字公渊，才学风度俱佳，受到当时人的推崇，后为司马氏所杀。

②诸葛诞：字公休，官至镇东大将军。

③仿佛：仿效。

④彦云：王凌，字彦云，三国时魏国人，曾经担任过司空、太尉等职，后来被司马懿所杀。他是王广的父亲。

⑤比踪：以为榜样。

⑥全文意思为：王广娶诸葛诞的女儿为妻。进入新房，夫妻刚开始交谈，王广就对妻子说："你这新娘子神态卑微，太不像你的父亲公休了！"妻子回答："你身为大丈夫，不能效仿令尊王彦云，却要求我一个妇人向英雄豪杰看齐！"

契若金兰

山公与嵇、阮①一面，契若金兰②。山妻韩氏觉公与二人异于常交，问公，公曰："我当年可以为友者，唯此二生耳。"妻曰："负羁之妻亦亲观狐、赵，意欲窥之，可乎？"③他日，二人来，妻劝公止之宿，具酒肉。夜穿墉④以视之，达旦忘反⑤。公入曰："二人何如？"妻曰："君才致殊不如，正当以识度相友耳。"公曰："伊辈亦常以我度为胜。"⑥

【注释】

①山公：这里指山涛。嵇：这里指嵇康。阮：这里指阮籍。

②契若金兰：友情深厚得像结义兄弟一样。

③"负羁"句：《左传·僖公二十三年》中记载，晋公子重耳遭后母骊姬的陷害，逃亡在外，狐偃、赵衰等亲信跟随着他。到

了曹国，曹国大夫僖负羁的妻子仔细观察了他们一番，认为狐偃、赵衰等人都是难得的人才，能够辅助重耳回国做国君，后来重耳果然回国当了君主。这一句的意思为：山涛的妻子说："僖负羁的妻子曾经亲自观察过狐偃和赵衰，我也想偷偷地看一看嵇康和阮籍，可以吗？"

④穿墉（yōng）：在墙上挖洞。墉，墙。

⑤达旦忘反：一直待到天亮，都忘记了回去。

⑥末尾两句的意思为：他妻子说："你的才能和情趣都比不上他们，你应该以你的见识和气度跟他们交往。"山涛说："他们也经常说我的气度胜过别人。"

郭氏拜李氏

贾充①前妇②，是李丰③女。丰被诛，离婚徙边④，后遇赦得还。充先已取郭配⑤女，武帝特听⑥置左右夫人⑦。李氏别住外，不肯还充舍。郭氏语充，欲就省李，充曰："彼刚介有才气，卿往不如不去。"⑧郭氏于是盛威仪，多将侍婢。既至，入户，李氏起迎，郭不觉脚自屈，因跪再拜。既反，语充，充曰："语卿道何物？"⑨

【注释】

①贾充（217—282）：字公闾，平阳襄陵人，曹魏重臣，曾参与弑杀魏帝曹髦的阴谋，是西晋王朝的开国元勋，深得司马氏信任，与司马氏结为姻亲，担任过尚书仆射、司空、太尉等要职，地位显赫。

②前妇：前妻。

③李丰（？—254）：字安国，三国时期曹魏官员，担任过中书令等职，后来因为参与谋杀司马懿长子司马师的活动而被杀。

④徙边：流放。公元254年，大将军司马师怀疑中书令李丰对自己不满，借故杀了李丰。李丰的女儿受到牵连，与贾充离婚，然后被流放。直到公元265年晋武帝即位，大赦天下，李氏才回到京城。

⑤郭配：字仲南，三国时期曹魏官员，官至城阳太守。

⑥听：准许。

⑦左右夫人：左夫人和右夫人。晋武帝特别准许贾充把两个妻子都留下，并以左夫人和右夫人相区别。

⑧别：另外。刚介：刚强耿直。"李氏别住外"句至"卿往不如不去"句的意思为：李氏单独住在外面，不肯回到贾充的府邸。郭氏对贾充说她想去探望李氏，贾充回答："她性子刚强正直，又很有才气，你还是不要去的好。"

⑨何物：什么，当时的口语。全文后两句的意思为：到了李氏家，进门之后，李氏站起来迎接郭氏，郭氏不由自主地双腿弯曲，跪下来就行礼。回到家里以后，她把事情的经过告诉了贾充，贾充说："我之前是怎么跟你说的？"

二女相争

贾充妻李氏作《女训》，行于世。李氏女，齐献王妃；郭氏女，惠帝后。①充卒，李、郭女各欲令其母合葬，经

年不决。贾后废，李氏乃祔葬，遂定。^②

【注释】

①齐献王：司马攸（248—283），字大猷，河内郡温县（今河南温县）人，晋武帝司马炎的同母兄弟，西晋建立之后被封为齐王。他在政治上很有建树，也深得人心，因此遭到晋武帝排挤，年纪轻轻就忧愤而死，被追封为献王，因此人们称其为齐献王。惠帝后：即贾充的女儿贾南风。晋武帝太熙元年（290），太子司马衷即位，史称晋惠帝，太子妃贾氏晋升为皇后。贾氏貌丑性妒、为人狠毒，而且怀有野心，因惠帝懦弱而一度专权十余年，是造成西晋"八王之乱"的元凶之一，后来被赵王司马伦所废并杀害。这一句的意思为：李夫人生的女儿做了齐献王的王妃，郭夫人生的女儿成了晋惠帝的皇后。

②祔（fù）：合葬。从"充卒"至段末的意思为：贾充去世以后，李氏、郭氏的女儿都想让自己的母亲与父亲合葬，但是这件事多年以来都未能决定。后来，贾后被废，李氏这才得以和贾充合葬，事情总算确定下来了。

络秀择夫

周浚^①作安东时，行猎，值暴雨，过汝南李氏。李氏富足，而男子不在。有女名络秀，闻外有贵人，与一婢于内宰猪羊，作数十人饮食，事事精办，不闻有人声。密觇^②之，独见一女子，状貌非常，浚因求为妾。父兄不许，络秀曰："门户殄瘁^③，何惜一女？若连姻贵族，将来或大益。"父兄从之。遂生伯仁兄弟^④。络秀语伯仁等："我所以屈节为汝家作妾，门户计耳。汝若不与吾家作亲亲者，吾亦不惜余年！"^⑤伯仁等悉从命。由此李氏在世，得方幅^⑥齿遇^⑦。

【注释】

①周浚：字开林，汝南郡安成（今河南汝南）人，曾经担任过魏国的扬州刺史，因为平定吴国有功被封为成武侯，后又任安东将军等职。

②觇（chān）：偷看。

③殄瘁（tiǎn cuì）：衰微。

④遂生伯仁兄弟：后来（络秀）生下周颉兄弟。

⑤亲亲：亲戚。这一句的意思为：络秀对周颉兄弟说："我之所以降低身份给你家做妾，只是为我们家的门第着想而已。如果你们不肯和我家做亲戚，我也不会爱惜我的余生！"

⑥方幅：正规，公正。

⑦齿遇：同等待遇。

陶母不受官物

陶公少时作鱼梁吏，尝以坩鲊饷母。^①母封鲊付使，反书责侃曰："汝为吏，以官物见饷，非唯不益，乃增吾忧也。"^②

①陶公：这里指陶侃。鱼梁吏：管理捕鱼的官吏。坩（gān）：陶器，瓦罐。鲊（zhǎ）：鱼制品，如腌鱼、糟鱼之类。这一句的意思为：陶侃年轻时做监管捕鱼的小吏，曾经送去一罐腌鱼给母亲。

②反书：回信。这一句的意思为：母亲把腌鱼封好，交给捎鱼来的人，并给陶侃回了一封信，在信中责备陶侃说："你身为官吏，拿公家的东西送给我，不但没有给我带来什么好处，反而让我更加忧虑了。"

李氏不惧公主

桓宣武①平蜀，以李势②妹为妾，甚有宠，常著③斋后④。主⑤始不知，既闻，与数十婢拔白刃袭之。正值李梳头，发委藉地，肤色玉曜，不为动容。⑥徐曰："国破家亡，无心至此，今日若能见杀，乃是本怀⑦。"主惭而退。

【注释】

①桓宣武：桓温。

②李势：字子仁，成汉（十六国之一）第二代君主，在位四年后降晋，被封为归义侯。

③著：安置。

④斋后：书斋的后面。

⑤主：这里指晋明帝长女南康公主司马兴男，她是桓温的正妻。

⑥委：放下，垂下。藉：铺陈。这一句的意思为：（南康公主到了那里）正赶上李氏在梳头，李氏的头发垂下来，铺到地上，皮肤像白玉一样光彩照人，见公主带人来威胁她，表情并没有什么变化。

⑦本怀：本意。

智劝桓冲

桓车骑①不好著新衣。浴后，妇故送新衣与。车骑大怒，催使持去。妇更持还，传语云："衣不经新，何由而故？"桓公大笑，著之。

【注释】

①桓车骑：桓冲，桓温的弟弟，字幼子，官至车骑将军，下文的"车骑"指的也是他。

生纵不同室，死宁不同穴

郗嘉宾①丧，妇②兄弟欲迎妹还，终不肯归，曰："生纵③不得与郗郎同室，死宁不同穴？"

【注释】

①郗嘉宾：郗超。

②妇：郗超的妻子。

③纵：纵然，即使。

尼姑评二才女

谢遏①绝②重其姊③，张玄④常称其妹⑤，欲以敌之。有济尼者，并游张、谢二家，人间其优劣，答曰："王夫人神情散朗，故有林下风气；顾家妇清心玉映，自是闺房之秀。"⑥

【注释】

①谢遏：谢玄。

②绝：极其。

③姊：指谢道韫，她嫁给了书法家王羲之的儿子王凝之，因此又称为王夫人。

④张玄：张玄之，字祖希，官至吴兴太守。

⑤妹：指张玄的妹妹，她嫁给了顾家，下文的顾家妇指的也是她。

⑥济尼者：名字叫济的尼姑。间：间接地打听。林下风气：像"竹林七贤"那样的风度。从"有济尼者"至段末意思为：有个尼姑名字叫济，她和张、谢两家都有来往，别人就向她打听王夫人和顾家妇的优缺点。她回答说："王夫人神态风度潇洒爽朗，有隐士的风采；顾家媳妇心胸明净，自然是女人中的优秀者。"

术解第二十

【题解】

　　术解，指通晓占卜、医药、音乐等各种技艺。魏晋时期，占卜、风水等学问盛行，其中很多人都以占卜名动天下，郭璞甚至被后世视为阴阳家的祖师。本篇内容生动、有趣，但可信度不高。

劳薪炊

　　荀勖尝在晋武帝坐上食笋进饭，谓在坐人曰："此是劳薪①炊也。"坐者未之信，密遣问之，实用故车脚②。

【注释】

　　①劳薪：以旧车轮为柴火。旧时车轮吃力最大，最辛劳，因此以"劳"字形容它。

　　②车脚：车轮。

王济善解马性

王武子[1]善解马性。尝乘一马，著连钱[2]障泥[3]，前有水，终日不肯渡。王云："此必是惜障泥。"使人解去，便径渡。[4]

【注释】

①王武子：王济。

②连钱：一种花饰，花纹的形状好像相连的铜钱，因此得名。

③障泥：垫马鞍的垫子，下垂到马的腹部，用来挡泥土。

④全文的意思为：王济深知马的禀性。他曾经骑着一匹马外出，并在马背上盖了一块有连钱花纹的垫子，到了河边，马始终不肯过河。王济说："一定是马太爱惜垫子了。"于是叫人解下垫子，随后马果然径直过了河。

郭璞远见

陈述[1]为大将军[2]掾，甚见爱重。及亡，郭璞[3]往哭之，甚哀，乃呼曰："嗣祖，焉知非福！"俄而大将军作乱，如其所言。

【注释】

①陈述：字嗣祖，很有名望，曾经担任过大将军王敦的属官。

②大将军：这里指王敦。

③郭璞：精通占卜之术，当时与陈述一起为官，在王敦幕府里做记室参军。此时，他已经预知王敦要起兵谋反。

王导消灾

王丞相①令郭璞试作一卦。卦成，郭意色甚恶，云："公有震厄②。"王问："有可消伏③理不？"郭曰："命驾西出数里，得一柏树，截断如公长，置床上常寝处，灾可消矣。"④王从其语。数日中，果震柏粉碎，子弟皆称庆。大将军云："君乃复委罪于树木！"⑤

【注释】

①王丞相：这里指王导。

②震厄：被响雷击中的灾难。

③消伏：消除。

④这一句的意思为：郭璞说："您往西走几里路，如果看见柏树，就截下一段和您一样高的树干，放在床上您经常躺卧的那个位置，这样灾祸就可以消除了。"

⑤复委：推脱罪行。全文后两句的意思为：过了几天，柏木果然被雷电击得粉碎，王导的子侄们都表示庆贺。王敦对郭璞说："您竟然能把罪过推给树木啊！"

巧艺第二十一

【题解】

巧艺，指精巧的技艺。魏晋时期，书法、绘画、建筑、棋艺等方面都取得了突出的成就，涌现出王羲之、王献之、顾恺之这样的大家。本篇对部分技艺的精巧之处做了记述。

韦诞题匾

韦仲将①能书。魏明帝起殿，欲安榜，使仲将登梯题之。②既下，头鬓皓然③。因敕儿孙勿复学书。

【注释】

①韦仲将：韦诞，字仲将，书法家，尤其擅长楷书，曹魏时期许多官观的匾额都是他题写的。

②"魏明帝"句：据传，魏明帝命人在洛阳、许昌、邺三都建造了许多宫殿和亭观，可是还没来得及题字，匾额就被误钉上去了，于是韦诞奉命登梯题匾。榜：匾。

③头鬓皓然：鬓发变得雪白。

荀勖戏钟会

钟会是荀济北①从舅②，二人情好不协③。荀有宝剑，可直④百万，常在母钟夫人许。会善书。学荀手迹，作书与母取剑，仍⑤窃去不还。荀勖知是钟而无由得也，思所以报之。后钟兄弟以千万起一宅，始成，甚精丽，未得移住。荀极善画，乃潜往画钟门堂，作太傅形象，衣冠状貌如平生。⑥二钟入门，便大感恸，宅遂空废。

【注释】

①荀济北：荀勖，晋武帝时封为济北郡公，因此这样称呼他。

②从舅：对母亲的堂兄弟的称呼。

③情好不协：关系不和谐。

④直：通"值"。

⑤仍：于是。

⑥太傅：这里指魏朝太傅钟繇，他是钟会的父亲。"后钟兄弟"句至"状貌如平生"句的意思为：后来钟家兄弟耗费千万钱，修建了一处非常精美、气派的宅院，还没来得及搬进去住。荀勖擅长绘画，就潜入钟会的新居，在堂屋里画上了钟繇的画像，画像上钟繇的衣冠和容貌都跟生前一模一样。

顾恺之好写起人形

顾长康①好写②起③人形，欲图殷荆州④，殷曰："我形恶⑤，不烦耳。"顾曰："明府正为眼尔，但明点童子，飞白拂其上，使如轻云之蔽日。"⑥

【注释】

①顾长康：顾恺之。

②写：描摹。

③起：选取。

④殷荆州：这里指殷仲堪。

⑤形恶：相貌丑陋。殷仲堪在照顾生病的父亲时，一只眼睛不小心被药弄瞎，所以他不愿意画像。

⑥明府：对殷仲堪的尊称。童子：瞳仁。飞白：中国书画中的一种笔法，笔画间露出一丝丝白痕，能够给人一种灵动之感。这一句的意思为：顾恺之说："您（殷仲堪）只是因为眼睛罢了。只要明显地点出瞳仁，再用飞白的笔法轻轻地从上面掠过，让它看起来好像一抹淡淡的云彩遮住了太阳一样就可以了。"

顾恺之点睛

顾长康画人，或数年不点目精①。人问其故，顾曰：

"四体^②妍蚩^③，本无关于妙处；传神^④写照^⑤，正在阿堵^⑥中。"

【注释】

①目精：眼珠。

②四体：四肢，这里泛指人的身体。

③妍蚩：同"妍媸"，美丑。

④传神：指生动地表现出人物的神态。

⑤写照：摹画人像。

⑥阿堵：这个，这里指点睛的一点。

宠礼第二十二

【题解】

宠礼，指宠信和礼遇。宠礼在古代是一种难得的荣誉，它有利于延揽人才，而宣扬这些也是要人们对居上位者感恩。

晋元帝尊王导

元帝①正会②，引王丞相③登御床，王公固辞，中宗引之弥苦④。王公曰："使太阳与万物同辉，臣下何以瞻仰？"

【注释】

①元帝：晋元帝司马睿，下文的中宗指的也是他。

②正会：正月初一的朝贺。

③王丞相：这里指王导。司马睿任琅邪王时，王导就追随、辅佐他，后来司马睿登基，升任王导为中书监、录尚书事。

④弥苦：更加恳切。

刘惔重许询

　　许玄度①停都一月，刘尹②无日不往，乃叹曰："卿复少时③不去，我成轻薄④京尹⑤！"

【注释】

　　①许玄度：许询。

　　②刘尹：这里指刘惔。

　　③少时：不一会儿，这里指短时间内。

　　④轻薄：轻佻浅薄，没有责任心。

　　⑤京尹：京兆尹，京都的长官。刘惔这时正担任丹阳尹，而丹阳郡的首府是京城建康，因此他如此称呼自己。

任诞第二十三

【题解】

任诞，指任性放纵。魏晋名士不满于礼教的束缚，追求个性自由、精神解放，"任诞"成为体现名士们生活方式的主要形式之一。他们主张言行不必遵守礼法，应该率性而为，这样才能回归自然，才是真正的名士。但是，在权力斗争不断的政治环境中，魏晋名士的任诞既可以看作是对旧礼教的反抗，也可以视为对当时多变而又危险的政治局势的逃避。

司马昭解阮籍

阮籍遭母丧，在晋文王①坐，进酒肉。司隶何曾亦在坐，曰："明公方以孝治天下，而阮籍以重丧，显于公坐饮酒食肉，宜流之海外，以正风教。"②文王曰："嗣宗毁顿③如此，君不能共忧之，何谓？且有疾而饮酒食肉，固丧礼也。④"籍饮啖不辍，神色自若。

①晋文王：司马昭。

②何曾（199—278）：字颖考，西晋开国元勋，历任司隶校尉、丞相、太尉等职，在晋朝时声名显赫。重丧：重大的丧事，一般指父母去世。这一句的意思为：当时司隶校尉何曾也在座，他对晋文王司马昭说："您正是以孝道治理天下的，阮籍有重孝在身，却公然在您开设的宴席上喝酒吃肉，您应该把他流放到边远之地，从而达到整肃风纪的目的。"

③毁顿：因为哀伤过度而使身体损毁，精神困顿。

④"且有"句：《礼记·曲礼上》提到，居丧时，"有疾则饮酒食肉，疾止复初"。即如果生病就可以饮酒食肉，病愈后再恢复丧礼。

刘伶戒酒

刘伶病酒①，渴甚，从②妇求酒。妇捐酒毁器，涕泣谏曰："君饮太过，非摄生之道，必宜断之！"③伶曰："甚善。我不能自禁，唯当祝④鬼神，自誓断之耳。便可具酒肉。"妇曰："敬闻命。"供酒肉于神前，请伶祝誓。伶跪而祝曰："天生刘伶，以酒为名⑤，一饮一斛，五斗解醒⑥。妇人之言，慎不可听！"便引酒进肉，隗然⑦已醉矣。

【注释】

①病酒：饮酒太多，致使身体不适。

②从：向。

③捐：丢弃。摄生：养生，保养身体。这一句的意思为：妻子倒掉剩下的酒，毁掉酒器，哭着劝告他说："你喝酒过量，并非保养身体之道，你必须把酒戒掉！"

④祝：祝祷，指向鬼神祷告。

⑤名：通"命"，性命。

⑥酲（chéng）：酒醒后神志不清。

⑦隗（wéi）然：颓然，醉倒的样子。

刘伶纵酒放达

刘伶恒纵酒放达，或脱衣裸形在屋中。人见讥之，伶曰："我以天地为栋宇，屋室为裈衣，诸君何为入我裈中？"①

【注释】

①这一句的意思为：人们见了都讥笑他，刘伶说："我把天地当作我的房间，把屋子当作我的衣裤，各位为什么要跑到我的裤子里来呢？"

阮籍送嫂

阮籍嫂尝还家，籍见与别。或讥之①，籍曰："礼岂为我辈设也？②"

①或讥之:《礼记·曲礼上》中有"叔嫂不通问"的规定,阮籍竟然不顾礼法,跟嫂子道别,因此人们都讥笑他。

②这一句的意思为:礼法难道是为我这种人制定的吗?

阮籍眠酒家

阮公①邻家妇,有美色,当垆②酤酒。阮与王安丰③常从妇饮酒,阮醉,便眠其妇侧。夫始殊疑之,伺察,终无他意。

【注释】

①阮公:这里指阮籍。

②垆:酒店前面放置酒坛子的土台子。

③王安丰:王戎。

阮籍葬母

阮籍当葬母,蒸一肥豚①,饮酒二斗,然后临诀②,直言:"穷③矣!"都④得一号,因吐血,废顿⑤良久。⑥

【注释】

①豚:小猪。

②临诀：诀别，永别。

③穷：按照当时的习俗，孝子哭丧时要叫穷，意为穷极无奈、悲伤至极。

④都：总共。

⑤废顿：指身体受损。

⑥全文意思为：阮籍在安葬母亲的时候，蒸了一头小肥猪，喝了两斗酒，然后去跟母亲的遗体告别，他喊了一声："穷啊！"然后大哭了一声，接着就口吐鲜血，萎靡了很久才重新振作。

阮咸追婢

阮仲容①先幸姑家鲜卑②婢，及居母丧，姑当远移，初云当留婢，既发，定将去。仲容借客驴，著重服③，自追之。累骑④而返，曰："人种⑤不可失！"即遥集⑥之母也。

【注释】

①阮仲容：阮咸。

②鲜卑：我国古代北方的少数民族。

③重服：为父母之丧而穿的孝服。

④累骑：重骑，这里指两个人骑同一只驴。

⑤人种：传宗接代的人。

⑥遥集：阮孚，字遥集。

祖逖劫南塘

祖车骑①过江时，公私俭薄②，无好服玩。王、庾诸公共就祖，忽见裘袍重叠，珍饰盈列。③诸公怪问之，祖曰："昨夜复南塘一出④。"祖于时恒自使健儿鼓行劫钞，在事之人亦容而不问。⑤

【注释】

①祖车骑：祖逖，死后被追谥为车骑将军，因此这样称呼他。

②俭薄：不宽裕。

③王、庾：王导、庾亮。这一句的意思为：一次，王导、庾亮等人一起到祖逖的家中去，意外看见了层层叠叠地堆在一起的皮袍，还有满架的珍宝和服饰。

④一出：一番，一回。

⑤恒：总是，时常。鼓行：古代行军，击鼓为行，鸣金则退，所以称行进为"鼓行"，这里指明目张胆地采取某项行动。劫钞：抢劫。这一句的意思为：祖逖当时经常让部下公然抢劫，当地的执政者容忍他们这样做，而没有过问。

殷洪乔不作致书邮

殷洪乔①作豫章郡，临去，都下人因附百许函书。既至石头，悉掷水中，因祝曰："沉者自沉，浮者自浮，殷洪乔不能作致书邮！"②

【注释】

①殷洪乔：殷羡，字洪乔，殷浩的父亲。

②全文意思为：殷羡出任豫章太守，即将离开京都去赴任时，人们托他带了上百封信。来到石头城之后，殷羡把这些信全都扔到江里，还祷告说："要沉的就沉下去，要浮的就浮上来，我殷洪乔可不是送信的！"

刘惔载谢安

谢安始出西①，戏，失车牛，便杖策步归。道逢刘尹②，语曰："安石将无伤？"谢乃同载而归。③

【注释】

①出西：指去都城建康。

②刘尹：刘惔。

③全文意思为：谢安刚到建康时，外出游玩，把车子和牛都弄丢了，只好拄着手杖走回去。半路上碰见丹阳尹刘惔，刘惔说："安石没有受伤吧？"于是谢安就搭他的车回去了。

不可一日无竹

王子猷①尝暂寄人空宅住，便令种竹。或问："暂住何烦尔？"王啸咏良久，直指竹曰："何可一日无此君？"②

【注释】

①王子猷：王徽之。

②全文意思为：王徽之曾经寄居在别人的空屋子里，可是刚搬过去就叫人种竹子。有人问他："您只是暂时住在这里，何必这么麻烦呢？"王徽之沉吟了很久才指着竹子说："哪一天能少了这位先生呢？"

乘兴而来，兴尽而返

王子猷①居山阴，夜大雪，眠觉，开室命酌酒。四望②皎然，因起彷徨③，咏左思《招隐诗》④，忽忆戴安道⑤。时戴在剡，即便夜乘小船就之。经宿方至，造门不前而返。人问其故，王曰："吾本乘兴而行，兴尽而返，何必见戴！"⑥

【注释】

①王子猷：王徽之。

②四望：眺望四方。

③彷徨：徘徊。

④《招隐诗》：西晋著名诗人左思对当时的士族专权感到不满，于是作《招隐诗》，描写了隐士的生活，表达了隐居的心愿。

⑤戴安道：戴逵。

⑥"经宿方至"句至末尾的意思为：船行驶了一整夜才到，到了戴逵的门口，王徽之却没有进去，又原路返回了。别人问他为什么不进去，他说："我本来是一时高兴才去的，如今兴尽而归，何必要见戴逵呢！"

胸中垒块，须酒浇之

王孝伯①问王大②："阮籍何如司马相如③？"王大曰："阮籍胸中垒块④，故须酒浇之。"

【注释】

①王孝伯：王恭，字孝伯。

②王大：王忱。

③司马相如（约前179—前118）：字长卿，西汉著名的辞赋家。

④垒块：指胸中有不平之气。

简傲第二十四

【题解】

简傲，即傲慢，是在处理人际关系上表现出来的性格特点，是一种无礼的举动。魏晋名士出于对世俗的反抗，做出各种高傲的行为，并且形成了一股风气。

嵇康冷落钟会

钟士季精有才理，先不识嵇康，钟要于时[1]贤俊之士，俱往寻康。康方大树下锻，向子期为佐鼓排。[2]康扬槌不辍，傍若无人，移时不交一言。钟起去，康曰："何所闻而来？何所见而去？"钟曰："闻所闻而来，见所见而去。"

【注释】

①于时：当时。

②锻：锻造，打铁。向子期：向秀，字子期。这一句的意思为：嵇康正在大树底下打铁，向子期在旁边拉风箱，为他鼓风。钟士季因为受到嵇康的轻慢，后来在司马昭面前诬陷嵇康，致使嵇康被杀害。

吕安题"凡鸟"

嵇康与吕安①善，每相思，千里命驾。安后来，值康不在，喜②出户延③之，不入，题门上作"凤"去。喜不觉，犹以为欣，故作。"凤"字凡鸟④也。

【注释】

①吕安：字仲悌，与嵇康等人关系很近，后被司马昭所杀。

②喜：嵇喜，字公穆，嵇康的哥哥，曾任扬州刺史等职。

③延：邀请。

④凡鸟：凤的繁体字是"鳳"，拆开来就是凡、鸟二字。吕安题"凤"字，表达了对嵇喜的轻视。

王氏兄弟简慢郗公

王子敬①兄弟见郗公②，蹑履③问讯，甚修外生礼。及嘉宾④死，皆著高屐⑤，仪容轻慢。命坐，皆云："有事，不暇坐。"既去，郗公慨然曰："使嘉宾不死，鼠辈敢尔？⑥"

【注释】

①王子敬：王献之。

②郗公：郗愔，王献之兄弟是他的外甥。

③蹑履：穿着鞋子，表示恭敬。

④嘉宾：郗愔的儿子郗超，生前是桓温的亲信，权重一时。

⑤高屐：高高的两齿木底鞋。按照当时的礼节，高屐只应该在休闲时穿，在正式场合应该穿鞋。

⑥使嘉宾不死，鼠辈敢尔：在郗家人看来，王献之兄弟是因为畏惧郗超的权势才尊重郗愔的。如今郗超一死，王家人就以名门望族自居，对郗家人流露出怠慢之情。

王徽之游园

王子猷①尝行过吴中，见一士大夫家极有好竹。主已知子猷当往，乃洒扫施设，在厅事坐相待。王肩舆径造竹下，讽啸良久。主已失望，犹冀还当通，遂直欲出门。②主人大不堪③，便令左右闭门，不听出。王更以此赏主人，乃留坐，尽欢而去。

【注释】

①王子猷：王徽之。

②施设：设置，布置。肩舆：轿子，这里指坐轿子。径造：径直造访，直接到达。讽啸：啸咏，歌咏。通：通报，这里指王徽之出于礼节而告知主人他来赏竹一事。这三句的意思为：竹园的主人得知王徽之会到园中游玩，就事先把园子打扫、布置了一番，坐在正厅里等他。王徽之坐着轿子而来，径直进入竹林，歌咏了很长一段时间。竹园的主人十分失望，但还是希望王徽之回去的时候能派人来通报一下，可王徽之竟然想径直离开。

③大不堪：实在忍受不了。

排调第二十五

【题解】

排调，指幽默。从本篇中可以看出，魏晋名士的排调包括嘲笑、戏弄、讽刺、反击、劝告，还有亲友之间的玩笑。在交际过程中，他们讲究机智的对答、语言的简练和意趣，力求耐人回味，于是排调也成为魏晋风度的重要内容。

阮籍笑王戎

嵇、阮、山、刘①在竹林酣饮，王戎后往，步兵曰："俗物②已复来败人意③！"王笑曰："卿辈意亦复可败邪？④"

【注释】

①嵇、阮、山、刘：嵇康、阮籍、山涛、刘伶。

②俗物：魏晋时的名士崇尚脱离世俗的清高，称那些志趣跟自己不相投的人为"俗物"。

③败人意：败坏人家的兴致。

④卿辈意亦复可败邪：谁能败坏你们这帮人的兴致？

孙楚辩口误

孙子荆[①]年少时欲隐，语王武子[②]："当枕石漱流[③]。"误曰"漱石枕流"。王曰："流可枕，石可漱乎？"孙曰："所以枕流，欲洗其耳；所以漱石，欲砺其齿。"[④]

【注释】

①孙子荆：孙楚，字子荆。

②王武子：王济，字武子。

③枕石漱流：指隐居山林。枕石，头枕着石头（睡觉）。漱流，用流水漱口。

④洗耳：比喻不愿意过问世俗之事。这一句的意思为：孙楚说："头枕流水是要把自己的耳朵洗干净，用石头漱口是想磨砺自己的牙齿。"

钟氏戏语

王浑[①]与妇钟氏共坐，见武子[②]从庭过，浑欣然谓妇曰："生儿如此，足慰人意。"妇笑曰："若使新妇得配参军，生儿故可不啻如此。"[③]

【注释】

①王浑（223－297）：字玄冲，曾经辅佐过晋武帝司马炎和

晋惠帝司马衷两代君主，在对吴作战中功勋卓著。

②武子：王济，王浑的儿子。

③参军：这里指王沦。王沦字太冲，是王浑的弟弟，晋文王时担任过大将军参军。这一句的意思为：他的妻子笑着说："如果我能嫁给参军，生的儿子还可以更出色。"

王导爱儿

王长豫①幼便和令②，丞相爱恣甚笃。每共围棋，丞相欲举行③，长豫按指不听。丞相笑曰："讵得尔？相与似有瓜葛④。"⑤

【注释】

①王长豫：王悦，字长豫，是丞相王导的长子。

②和令：温和乖巧。

③举行：举棋落子。

④瓜葛：瓜、葛都是蔓生植物，比喻相互之间有牵连关系。

⑤全文意思为：王悦小时候就十分温和、乖巧，深受王导宠爱。父子一起下围棋，当王导要举棋落子时，王悦经常摁住父亲的手指，不让他落子。王导笑着说："你怎么可以这样呢？我们好像还有点儿关系呢。"

鬼之董狐

干宝①向刘真长②叙其《搜神记》，刘曰："卿可谓鬼之董狐③。"④

【注释】

①干宝：字令升，博学多才，曾任散骑常侍。他所著的《搜神记》，收集了许多情节离奇的神话传说和民间故事，是晋朝志怪小说的代表作。

②刘真长：刘惔。

③董狐：春秋时晋国史官，为人刚直，敢于直书史实。

④全文意思为：干宝向刘惔叙述了他所著的《搜神记》，刘惔说："你可以称得上为鬼神记录历史的董狐了。"

谢安捉鼻答妻

初，谢安在东山居，布衣，时兄弟已有富贵者，翕集①家门，倾动②人物。刘夫人戏谓安曰："大丈夫不当如此乎？"谢乃捉鼻③曰："但恐不免耳。④"

【注释】

①翕（xī）集：聚集。

②倾动：震动。

③捉鼻：捏着鼻子，表示轻蔑的意思。

④但恐不免耳：只怕避免不了呢！此时，谢安的堂兄谢尚、哥哥谢奕、弟弟谢万都已经在仕途上有所成就，谢安虽然过着隐居的生活，可是名声也已经显赫，迫于时事，他也不得不出仕。

蔡谟讥客

王、刘①每不重蔡公②。二人尝诣蔡，语良久，乃问蔡曰："公自言何如夷甫③？"答曰："身不如夷甫。"王、刘相目④而笑曰："公何处不如？"答曰："夷甫无君辈客⑤。"

【注释】

①王、刘：王濛、刘惔。

②蔡公：这里指蔡谟。

③夷甫：王衍。

④相目：相视，对视。

⑤君辈客：像你们这样的客人。

晒书

郝隆①七月七日出日中仰卧，人间其故，答曰："我晒书②。"

【注释】

①郝隆：字佐治，曾任征西将军桓温的参军。

②晒书：依照民间习俗，农历七月初七这一天要把经书、衣裳等物品拿出来晒一晒。郝隆看见别人晒衣物，就仰面躺在太阳底下，还说是在晒书，其实是戏称自己满腹经纶。

以子戏父

张苍梧①是张凭②之祖，尝语凭父曰："我不如汝。"凭父未解所以。苍梧曰："汝有佳儿。"凭时年数岁，敛手曰："阿翁，讵宜以子戏父？"③

【注释】

①张苍梧：张镇，字义远，曾任苍梧太守，封兴道县侯。

②张凭：字长宗，吴郡人，历任吏部郎、御史中丞、司空长史等职。

③敛手：拱手，以示尊敬。这一句的意思为：张凭当时只有几岁，他恭敬地拱手施礼说："爷爷，您怎么可以拿儿子来戏弄父亲呢？"

顾恺之破冢而出

顾长康①作殷荆州②佐，请假还东③。尔时例不给布帆④，顾苦求之，乃得。发至破冢⑤，遭风大败⑥。作笺与殷云："地名破冢，真破冢而出。行人安稳，布帆无恙。"⑦

【注释】

①顾长康：顾恺之，字长康。

②殷荆州：这里指殷仲堪。

③还东：回东边去，这里指回家。

④布帆：布做的船帆，也泛指帆船。

⑤破冢：地名，位于今湖北省江陵县东南。

⑥败：败坏，破坏。

⑦破冢而出：打破坟墓，从里面出来，指死里逃生。这一句的意思为：顾恺之写信给殷仲堪说："地名叫破冢，这回我真像是从坟墓里跑出来的一样。行人安然无恙，帆船也完好无损。"

苻朗讥王肃之

苻朗①初过江，王咨议②大好事③，问中国人物及风土所生，终无极已，朗大患之④。次复问奴婢贵贱，朗云："谨厚有识中者，乃至十万；无意为奴婢问者，止数千耳。"⑤

【注释】

①苻朗：字元达，是前秦世祖宣昭帝苻坚的侄儿，在前秦任青州刺史，东晋讨伐青州时，苻朗向谢玄投降，来到东晋。

②王咨议：王肃之，字幼恭，王羲之第四子，曾任中书郎、骠骑咨议等职。

③大好事：特别喜欢管闲事。

④朗大患之：苻朗非常厌烦他。

⑤识中：知识。这一句的意思为：然后（王咨议）又问奴婢的价钱怎样，苻朗说："谨慎、朴实又有见识的，可以卖到十万钱；愚昧无知，只会提出那些奴婢才问的问题的，不过几千钱罢了。"

渐至佳境

顾长康啖甘蔗，先食尾。人问所以，云："渐至佳境①。"

【注释】

①佳境：美妙的境界。

桓玄笑祖广

祖广①行恒缩头。诣桓南郡②，始下车，桓曰："天甚晴朗，祖参军如从屋漏中来。"③

【注释】

①祖广：字渊度，任桓玄参军，官至护军长史。

②桓南郡：这里指桓玄。

③全文意思为：祖广走路的时候，总是缩着头。这一天他去拜访桓玄，刚刚下车，桓玄就对他说："今天天气晴朗，祖参军却像是从漏雨的屋子里出来的。"

轻诋第二十六

【题解】

　　轻诋，指轻蔑和诋毁。对人有所不满，或当面、或背地里说出来，其中有批评、指摘、责备或讥讽之意，体现出魏晋士人所具有的率真的时代特点。

刘夫人论客

　　孙长乐兄弟就谢公宿，言至款杂。①刘夫人在壁后听之，具闻其语。谢公明日还，问："昨客何似？"刘对曰："亡兄门未有如此宾客。"②谢深有愧色。

【注释】

　　①孙长乐兄弟：指孙绰和他的哥哥孙统。这一句的意思为：长乐侯孙绰和哥哥孙统在谢安家留宿，言谈非常空洞、杂乱。

　　②亡兄：指已经过世的刘惔。谢安的夫人是刘惔的妹妹。这两句的意思为：谢安的妻子刘夫人在隔壁听到了他们的谈话。第二天，谢安回到家里，问刘夫人："昨天来的那两位客人如何？"刘夫人回答说："我过世的哥哥从来没有接待过这样的宾客。"

王羲之讥谢万

谢万寿春败后还，书与王右军①云："惭负宿顾②。"右军推书曰："此禹、汤之戒③。"

【注释】

①王右军：这里指王羲之。

②惭负宿顾：我辜负了你一直以来对我的关怀和照顾，实在惭愧。谢万任豫州都督时，王羲之曾经写信说："愿君每与士之下者同，则尽善矣。"告诫他不要骄傲自大，而应该与下属打成一片，谢万不听。晋穆帝升平三年（359），谢万受命北伐，仍然傲慢固执，不肯抚慰将士，以致军心涣散，导致溃败。

③此禹、汤之戒：这是禹和商汤责备自己的话。传说，上古帝王禹、汤一谴责自己，国家就会兴旺。在这里，王羲之意在讥笑谢万根本没有发自内心地认识到自己的错误，而是在故作姿态，以收买人心。

支道林讽王氏兄弟

支道林入东①，见王子猷兄弟②，还，人问："见诸王何如？"答曰："见一群白颈乌③，但闻唤哑哑声④。"

【注释】

①入东：指到会稽去。

②王子猷兄弟：指王羲之的七个儿子，其中以王徽之和王献之最出色。

③白颈乌：王氏兄弟大多穿着白色衣领的衣服，所以支道林讥笑他们为白颈的乌鸦。

④哑哑声：指作揖行礼时致敬的声音。

假谲第二十七

【题解】

　　假谲，指权谋和欺诈。这类故事的主角大多运用了假话、假象等，并以明显的个人利益为前提，以求达到自己的目的。而像王羲之为了保全性命而"诈孰眠"等故事，则是一种随机应变。

曹操劫新妇

　　魏武①少时，尝与袁绍好为游侠。观人新婚，因潜入主人园中，夜叫呼云："有偷儿贼！"青庐②中人皆出观，魏武乃入，抽刃劫新妇。与绍还出，失道，坠枳棘中，绍不能得动。③复大叫云："偷儿在此！"绍遑迫自掷出，遂以俱免。④

【注释】

　　①魏武：魏武帝曹操。

　　②青庐：用青色或黑色的布搭成的帐篷，是当时的人专门搭建起来，用以举行婚礼的。

③枳（zhǐ）棘：枳和棘，都是多刺的灌木。这一句的意思为：曹操和袁绍逃出去，中途迷了路，被困在了荆棘丛里，袁绍无法动弹。

④遑迫：恐惧，急迫。掷：跳跃。后两句的意思为：曹操又大喊："小偷在这儿呢！"袁绍惊恐万状，惊慌失措地跳出了荆棘丛，两个人这才逃脱。

望梅止渴

魏武行役，失汲道，三军皆渴，①乃令曰："前有大梅林，饶子，甘酸可以解渴。"士卒闻之，口皆出水，乘此得及前源。②

【注释】

①汲（jí）：取水。段首三节的意思为：曹操率大军远征，一时找不到通向水源的路，全军将士都口干舌燥。

②饶子：果实很多。"乃令曰"句至段末的意思为：于是传令说："前面有一大片梅树，树上结了好多梅子，味道又甜又酸，可以解渴。"士兵们听了，都流出了口水。趁此机会，他们急速前进，终于到达了前面有水的地方。

人欲危己，己辄心动

魏武常①言："人欲危己，己辄心动。"因语所亲小人曰："汝怀刃密来我侧，我必说心动，执汝使行刑，汝但勿言其使，无他，当厚相报。"执者信焉，不以为惧，遂斩之。此人至死不知也。左右以为实，谋逆者挫气矣。②

【注释】

①常：曾经。

②全文意思为：魏武帝曹操曾经对人们说过："如果有人想加害我，我的心就会立即快速地跳动。"于是告诉身边的侍从说："你怀中藏着刀，偷偷地走到我身边，我必定会说心跳，然后让人把你抓起来，处罚你，只要你不说出是我指使你的就不要紧，我一定会重重地酬谢你。"那个侍从把曹操的话当真了，被抓之后也不觉得害怕，结果被处斩了。他到死也没有弄清楚这到底是怎么一回事。其他的侍从都以为这件事是真的，那些意图谋反的人也都收敛了心思。

梦中杀人

魏武常云："我眠中不可妄近①，近便斫人，亦不自觉。左右宜深慎此。"后阳眠，所幸一人，窃以被覆之，因便斫杀。②自尔每眠，左右莫敢近者。

①妄近：随意靠近。

②阳：通"佯"，假装。所幸：指亲信。这一句的意思为：有一天，曹操假装睡着了，有个他所宠信的侍从拿了一条被子，悄悄地给他盖上了，曹操趁机杀死了这个侍从。

王羲之保性命

王右军①年减②十岁时，大将军③甚爱之，恒置帐中眠。大将军尝先出，右军犹未起。须臾，钱凤入，屏人论事，都忘右军在帐中，便言逆节之谋。④右军觉，既闻所论，知无活理，乃剔吐污头面被褥，诈孰眠。⑤敦论事造半，方忆右军未起，相与大惊曰："不得不除之。"及开帐，乃见吐唾从横⑥，信其实孰眠，于是得全。于时称其有智。

【注释】

①王右军：这里指王羲之。

②减：少，不足，不满。

③大将军：这里指王敦，他是王羲之的伯父。

④钱凤：字世仪，任王敦的参军。逆节：叛逆，谋反。这两句的意思为：有一天早上，王敦先起床，王羲之还睡在床上。不一会儿，钱凤进来，王敦让手下人都退下去，和钱凤谈论起谋反

一事来，完全忘了王羲之还躺在床上。

⑤剔吐：用指头抠出口水，让自己呕吐。孰眠：熟睡。孰，通"熟"。这一句的意思为：王羲之睡醒之后，听到了他们的密谋，知道自己可能会有性命之忧，于是抠出口水，弄脏了自己的头脸和被褥，假装还没有睡醒。

⑥从横：即"纵横"，这里指王羲之吐出来的东西流得到处都是。

温峤智娶表妹

温公丧妇，从姑刘氏家值乱离散，唯有一女，甚有姿慧。姑以属公觅婚。①公密有自婚意，答云："佳婿难得，但如峤比云何？"姑云："丧败之余，乞粗存活，便足慰吾余年，何敢希汝比？"②却后少日，公报姑云："已觅得婚处，门地粗可，婿身名宦，尽不减峤。"因下玉镜台一枚。③姑大喜。既婚，交礼，女以手披纱扇，抚掌大笑曰："我固疑是老奴，果如所卜。"④玉镜台是公为刘越石⑤长史北征刘聪⑥所得。

【注释】

①温公：温峤。从姑：父亲的堂姐妹。属：同"嘱"。这两句的意思为：温峤的妻子去世了，碰巧正赶上他堂姑母刘氏一家人因战乱而失散，堂姑母身边只有一个女儿做伴，这个姑娘既美丽又聪明，堂姑母就托温峤给女儿说一门亲事。

②丧败之余：兵荒马乱之后的幸存者。这两句的意思为：温峤心里有意娶这位表妹，就回答说："称心如意的女婿不容易找，像我这样的行吗？"堂姑母说："饱经战乱还能够幸存下来的人，只要有一口粗粮能够保住性命，就足以安慰我的余生了，哪里还奢望找一个和你一样的人？"

③玉镜台：玉制的镜座，用以承托铜镜。这两句的意思为：没过几天，温峤回复姑母说："我已经找到了一户可以婚配的人家，门第大致可以，女婿的名声、官位都不在我之下。"并送上一个玉镜台作为聘礼。

④纱扇：用来遮住新娘子的脸的用具，类似于盖头。这一句的意思为：到了结婚那天，举行交拜礼以后，新娘子拨开纱扇，随即拍手大笑说："我本来就怀疑新郎是你这个老家伙，果然没错。"

⑤刘越石：刘琨，中山魏昌（今河北无极县）人，曾经担任过并州刺史，永嘉之乱后据守晋阳以抵御前赵，后来兵败被杀。

⑥刘聪：匈奴人，五胡十六国时期汉赵政权的国君。

江彪娶妻

诸葛令①女，庾氏妇，既寡，誓云："不复重出②。"此女性甚正强，无有登车③理。恢既许江思玄婚，乃移家近之。④初，诳女云："宜徙。"于是家人一时去，独留女在后。比其觉，已不复得出。江郎莫来，女哭詈弥甚，积日渐歇。⑤江彪瞑入宿，恒在对床上。后观其意转帖⑥，彪乃诈厌⁷，良久不悟，声气转急。女乃呼婢云："唤江郎觉！"江于是跃来就之曰："我自是天下男子，厌，何预卿事而见唤邪？既尔相关，不得不与人语。"⑧女默然而惭，情义遂笃。

【注释】

①诸葛令：诸葛恢，曾任尚书令。

②重出：指再嫁。

③登车：指坐着车子到夫家去。

④江思玄：江彪，字思玄。这一句的意思为：诸葛恢答应了江彪的求婚之后，就把家搬到靠近江彪的地方。

⑤莫：通"暮"，晚上。哭詈（lì）：哭骂。这一句的意思为：江彪晚上进来时，她又哭又骂，而且比以前更厉害，过了好几天情绪才渐渐平静下来。

⑥帖：驯服，安定。

⑦厌（yǎn）：同"魇"，做噩梦。

⑧这一句的意思为：江彪于是跳起来，靠近她说："我原本是个男子汉，做噩梦关你什么事，你何必要叫醒我？既然你如此关心我，就不能不理我。"

孙绰智嫁恶女

王文度弟阿智，恶乃不翅，当年长而无人与婚。①孙兴公有一女，亦僻错，又无嫁娶理，因诣文度，求见阿智。②既见，便阳言："此定可，殊不如人所传，那得至今未有婚处？我有一女，乃不恶，但吾寒士，不宜与卿计，欲令阿智娶之。"③文度欣然而启蓝田云："兴公向来，忽言欲与阿智婚。"蓝田惊喜。既成婚，女之顽嚚，欲过阿智。方知兴公之诈。④

【注释】

①王文度：王坦之。阿智：王处之，字文将，小名叫阿智。不翅：不啻，不仅。这一句的意思为：王坦之的弟弟阿智不只是愚蠢凶顽，而且更加不堪，（因此）年龄大了也没有人愿意嫁给他。

②孙兴公：孙绰。僻错：怪僻。这一句的意思为：孙绰有个女儿性格也很反常，一直没能出嫁，于是孙绰就去拜访王坦之，要求见一见阿智。

③这一句的意思为：见到阿智之后，孙绰便假装说："阿智这孩子一定很好，一点儿也不像别人说的那样，为什么到现在还没有娶妻呢？我有一个女儿，性格还算乖巧，虽然我们家比较贫寒，论门第本来不应和您结亲，但我还是希望阿智能够娶我女儿。"

④蓝田：王述，王坦之和阿智的父亲。顽嚚（yín）：愚蠢而顽固。"文度欣然"句至末尾的意思为：王坦之一听，兴奋地把这件事告诉了父亲王述："孙绰刚才来过，忽然说起想把女儿嫁给阿智。"王述听了又惊又喜。等到两个人结婚以后，王家人才发现这个女子十分愚蠢、顽固，甚至比阿智有过之而无不及。王家这才知道上了孙绰的当。

谢安毁香囊

谢遏①年少时，好著紫罗香囊②，垂覆手③。太傅④患之，而不欲伤其意。乃谲与赌，得即烧之。⑤

【注释】

①谢遏：遏，谢玄的小名。

②好著紫罗香囊：晋代的男子有佩戴香囊的风尚。

③覆手：手帕之类的东西。

④太傅：这里指谢安。

⑤全文的意思为：谢玄年少时，喜欢佩戴紫罗香囊，挂着覆手。谢安为此非常担心，可又不想伤了他的心，于是假装和他打赌，赢了他的香囊之类的东西，然后把它们烧了。

黜免第二十八

【题解】

黜免，指被降职或罢官。本篇主要记述了黜免的事由和结果，反映了魏晋时期动荡多变的政治环境中，士大夫仕途艰险的情景。

肝肠寸断

桓公入蜀①，至三峡中，部伍中有得猿子②者，其母缘岸哀号，行百余里不去，遂跳上船，至便即绝。破视其腹中，肠皆寸寸断。公闻之怒，命黜其人。③

【注释】

①桓公入蜀：晋穆帝永和二年（346），桓温西伐成汉李势，次年攻占成都。

②猿子：小猿。

③全文意思为：桓温进军蜀地时，队伍进入三峡，有个人捕捉了一只小猿，母猿沿着江岸哀号，跟着队伍走了一百多里路仍然不肯离开，最后终于跳到了船上，可是当时就气绝身亡了。剖

开母猿的肚子一看，它的肠子已经一寸一寸地断裂了。桓温听说了这件事，震怒不已，下令罢黜了那个人。

咄咄怪事

殷中军被废，在信安，终日恒书空作字。[①]扬州吏民寻义逐之，窃视，唯作"咄咄怪事[②]"四字而已。

【注释】

①殷中军：这里指殷浩。信安：县名，故址在浙江衢州。这一句的意思为：殷浩被免官之后，住在信安，一天到晚总是用手指在半空中虚写字形。

②咄咄怪事：令人惊讶的怪事。

同盘不相助

桓公坐有参军椅烝薤，不时解，共食者又不助，而椅终不放，举坐皆笑。[①]桓公曰："同盘尚不相助，况复危难乎？"敕令免官。[②]

【注释】

①桓公：这里指桓温。椅：应为掎（jǐ），这里指用筷子夹食物。这一句的意思为：桓温举行宴会，吃饭的时候，有位参军用

筷子夹蒸熟的薤，筷子被缠住了，同桌的人没有帮他，这个参军只好一直夹着蒸熟的薤不放，引得满座的人都哄笑起来。

②敕令：命令。这一句的意思为：桓温说："在同一个盘子里夹东西吃尚且不能互相帮助，更何况在危急关头呢！"于是罢免了那些人。

儋梯将去

殷中军①废后，恨简文曰："上人著百尺楼上，儋②梯将去。"

【注释】

①殷中军：这里指殷浩。

②儋：同"担"，扛着。

俭啬第二十九

【题解】

俭啬，指吝啬。俭啬本来解释为节俭和吝啬两层含义，但本篇中记述的行为偏重于吝啬，这些故事从侧面叙述了魏晋豪族高官的现实生活和个性特征。

王戎赠单衣

王戎俭吝，其从子①婚，与一单衣，后更责②之。③

【注释】

①从子：侄儿。

②责：索取。

③全文意思为：王戎节俭得可谓吝啬，他的侄子结婚，他只送了侄儿一件单衣，过后又把衣服要回去了。

王戎卖李

王戎有好李，卖之，恐人得其种，恒钻其核。①

①全文意思为：王戎家的李子品种很好，王戎经常把李子拿出去卖，可是又担心别人得到他家的种子，因此总是先把核钻破去掉。

王戎借贷

王戎女适裴頠，贷钱数万。女归，戎色不说。女遽①还钱，乃释然。②

【注释】

①遽（jù）：急忙。

②全文意思为：王戎的女儿嫁给了裴頠，她曾经向父亲借了几万钱。每次她回娘家，王戎都一脸不高兴。女儿赶快还了钱，王戎的脸色才变得平和起来。

王导不散甘果

王丞相①俭节，帐下甘果盈溢不散②。涉春③烂败。都督白之，公令舍去④，曰："慎不可令大郎⑤知。"

【注释】

①王丞相：这里指王导。

②散：分散，分发。

③涉春：到了春天。

④舍去：丢掉。

⑤大郎：父亲对长子的称呼，这里指王导的长子王悦。

郗超散家财

郗公①大聚敛，有钱数千万，嘉宾②意甚不同。常朝旦问讯，郗家法，子弟不坐，因倚语移时，遂及财货事。③郗公曰："汝正当欲得吾钱耳！"乃开库一日，令任意用。④郗公始正谓损数百万许，嘉宾遂一日乞与亲友，周旋略尽。⑤郗公闻之，惊怪不能已已⑥。

【注释】

①郗公：这里指郗愔。

②嘉宾：郗超，郗愔的儿子，乐善好施。

③问讯：请安。这一句的意思为：有一天早晨，郗超来给父亲问安，按照郗家的规矩，晚辈是不能坐着和长辈说话的，郗超就站在那儿谈了好长时间，最后谈到了钱财一事。

④这一句的意思为：郗愔说："你只不过是想从我这里拿到钱罢了！"于是让人打开钱库，准许郗超在这一天里随便取钱去用。

⑤乞与：给与。这一句的意思为：郗愔原以为只会损失几百万钱罢了，谁知郗超竟然把钱送给了亲友和认识的人，几乎把钱都拿光了。

⑥已已：加强语气，形容很难停止。

汰侈第三十

【题解】

汰侈，指奢侈铺张。本篇记述了魏晋豪门贵族骄奢淫逸、穷奢极侈的生活。

石崇交斩美人

石崇每要客燕集，常令美人行酒。客饮酒不尽者，使黄门交斩美人。①王丞相与大将军尝共诣崇，丞相素不能饮，辄自勉强，至于沉醉。每至大将军，固不饮以观其变。已斩三人，颜色如故，尚不肯饮。丞相让之，大将军曰："自杀伊家人，何预卿事？"②

【注释】

①石崇：字季伦，曾任荆州刺史，因劫夺远使、客商而致富，以奢侈著称，后来被杀。黄门：在汉代，黄门基本上都由宦官充任，他们主要负责侍奉皇帝及其家族成员，因此后来黄门也用来指代宦官，这里指专门服侍主人的奴仆。这两句的意思为：石崇每次邀请客人前来参加宴会，总是让美人劝酒，如果哪位客人没

有一饮而尽，他就命令侍从轮流杀掉劝酒的美人。

②王丞相：这里指王导。大将军：这里指王敦，王导的堂弟。"王丞相"句至末尾的意思为：丞相和大将军曾经一起去拜访石崇。丞相一向酒量不大，但这时总是勉强喝下去，直至酩酊大醉。每当美人劝大将军喝酒时，他总是不肯喝，目的是观察石崇会有什么反应。石崇接连杀了三个美人，大将军依然神色从容，还是不肯喝酒。丞相责备大将军，大将军说："他杀他自己府里的人，跟你有什么关系呢？"

王敦如厕

石崇厕，常有十余婢侍列①，皆丽服藻饰。置甲煎粉②、沉香汁③之属，无不毕备。又与新衣著令出，客多羞不能如厕。王大将军往，脱故衣，著新衣，神色傲然。群婢相谓曰："此客必能作贼。"④

【注释】

①侍列：列队侍候（客人）。

②甲煎粉：一种香粉。

③沉香汁：用沉香制成的香水。

④作贼：指谋反。从"又与新衣著令出"至段末意思为：还要给客人穿上一身新衣服才会让客人出来，宾客们大多因为害羞和尴尬而不肯上厕所。大将军王敦来了以后，从容地脱掉原来的衣服，换上新衣服，神情非常傲慢。婢女们互相评论说："这位

客人将来必定会谋逆作乱。"

王济尽奢华

武帝尝降王武子家，武子供馔，并用琉璃器。①婢子百余人，皆绫罗绮襦，以手擎饮食。②蒸豘肥美，异于常味。帝怪而问之，答曰："以人乳饮豘。"帝甚不平，食未毕，便去。王、石所未知作。③

【注释】

①降：临幸，指皇帝到某处去。这一句的意思为：晋武帝曾经到王济家里去做客，王济设宴款待他，席间所用的食器全都是琉璃器皿。

②绮：同"裤"。这一句的意思为：一百多个婢女，身上都穿着用绫罗绸缎缝制的衣服，她们用手托着食物。

③豘：同"豚"，小猪。王、石：这里指王恺、石崇。后面四句的意思为：蒸熟的小猪味道鲜美，十分独特。武帝感到奇怪，就问王济（是怎么烹调的），王济回答说："这是用人的奶水饲养的小猪。"武帝听了非常反感，还没有吃完饭就离开了。这种烹调方法，连当时的大富豪王恺和石崇都不知道。

石崇与王恺争豪

石崇与王恺争豪，并穷绮丽，以饰舆服。[①]武帝，恺之甥也，每助恺。尝以一珊瑚树高二尺许赐恺，枝柯扶疏，世罕其比。恺以示崇，崇视讫，以铁如意击之，应手而碎。恺既惋惜，又以为疾己之宝，声色甚厉。崇曰："不足恨，今还卿。"乃命左右悉取珊瑚树，有三尺、四尺，条干绝世，光彩溢目者六七枚，如恺许比甚众。[②]恺惘然自失。

【注释】

①穷：穷尽，极尽。这一句的意思为：石崇和王恺争着比谁更富有，两个人都尽可能地用华丽的东西来装饰车马、服装。

②"尝以一珊瑚"句至"如恺许比甚众"句的意思为：晋武帝曾经送给王恺一棵珊瑚树，这棵珊瑚树有二尺来高，枝条繁茂，世上少有。王恺向石崇展示了这棵珊瑚树，石崇见了它，拿起铁如意就把它敲碎了。王恺觉得十分可惜，还以为石崇是在妒忌自己有这样的宝贝，因此神色顿时变得严肃起来。石崇说："有什么遗憾的，我现在就赔给你。"于是叫人把家里的珊瑚树全都拿了出来，这些珊瑚树高达三四尺，树干和枝条都是世间独一无二的，其中光彩夺目的也有六七棵，跟王恺那棵珊瑚树差不多的就更多了。

忿狷第三十一

忿狷，指激愤、急躁。本篇所述多是因为一些小事而生气、仇视或暴躁的故事。

曹操杀歌妓

魏武有一妓，声最清高，而情性酷恶①。欲杀则爱才，欲置则不堪。于是选百人，一时俱教。少时，果有一人声及之，便杀恶性者。②

【注释】

①酷恶：极其恶劣。

②全文意思为：曹操府中有一名歌女，她有一副清脆、高亢的嗓音，但是脾气极差。曹操想杀了她，又觉得这样做可惜了她的才能；想要留着她，却又难以忍受她那恶劣的性情。于是挑选了一百名歌女，同时训练她们。不久，果然有一个歌女的声音把那个坏脾气的歌女比了下去，于是曹操就杀了那个坏脾气的歌女。

王述性急

王蓝田①性急。尝食鸡子②，以箸③刺之，不得，便大怒，举以掷地。鸡子于地圆转未止，仍下地以屐齿蹍之，又不得，瞋甚，复于地取内④口中，啮破即吐之。王右军闻而大笑，曰："使安期有此性，犹当无一豪可论，况蓝田邪？"⑤

【注释】

①王蓝田：这里指王述。

②鸡子：鸡蛋。

③箸（zhù）：筷子。

④内：同"纳"。

⑤安期：王述的父亲王承，字安期，为政清明，声望很高。豪：同"毫"。这一句的意思为：王羲之听说了这件事，大笑起来，说："即便是王承脾气这么大，也丝毫没有可取之处，更不用说他的儿子王述了！"

王螭怒斥王胡之

王司州①尝乘雪往王螭②许。司州言气少有牾逆于螭，便作色不夷。③司州觉恶，便舆床就之，持其臂曰："汝讵复足与老兄计？"④螭拨其手曰："冷如鬼手馨，强来捉人臂！"⑤

【注释】

①王司州：这里指王胡之。

②王螭（chi）：王恬，小名螭虎，王导的儿子，王胡之的堂弟。

③言气：说话时的态度。牾（wǔ）逆：触犯。夷：愉快。这一句的意思为：王胡之说话的时候，态度稍微有点冒犯王螭，因此王螭便生起气来。

④舆床：移动坐具。这一句的意思为：王胡之发觉堂弟脸色变难看了，就把坐具朝王螭挪了挪，握住他的手臂说："你值得跟你这个哥哥计较吗？"

⑤馨：是"宁馨"的省略，意为"一样""如同"，是当时人的口语。这一句的意思为：王螭把王胡之的手拨开，说："（你的手）冰凉得像鬼手一样，却偏要抓我的胳膊！"

谢奕痛骂王述

谢无奕性粗强，以事不相得，自往数王蓝田，肆言极骂。①王正色面壁不敢动，半日，谢去。良久，转头问左右小吏曰："去未？"答云："已去。"然后复坐。时人叹其性急而能有所容。

①谢无奕：谢奕。相得：相互契合，指相处得非常和睦。这一句的意思为：谢奕性情暴躁，个性倔强，曾经因为一件事与王述有了分歧，就亲自跑去责备王述，肆意地痛骂了王述一顿。

桓玄杀鹅

桓南郡小儿时，与诸从兄弟各养鹅共斗。南郡鹅每不如，甚以为忿。乃夜往鹅栏间，取诸兄弟鹅悉杀之。^①既晓，家人咸以惊骇，云是变怪，以白车骑^②。车骑曰："无所致怪，当是南郡戏耳^③！"问，果如之。

【注释】

①桓南郡：这里指桓玄。从兄弟：堂兄弟。前三句的意思为：桓玄小的时候，和堂兄弟们各自养了一些鹅，以观赏它们相互争斗。桓玄养的鹅经常败给其他兄弟的鹅，桓玄非常气愤。于是，一天夜里，他就来到鹅栏里，抓出堂兄弟们的鹅，把它们全都杀掉了。

②车骑：桓冲，桓玄的叔父。

③当是南郡戏耳：应该是南郡玩的把戏。

谗险第三十二

【题解】

谗险，指谗言和诽谤。本篇主要记述了偷进谗言，或用计策达到目的的做法。

王国宝进谗言

孝武[①]甚亲敬王国宝[②]、王雅[③]。雅荐王珣于帝，帝欲见之。尝夜与国宝及雅相对，帝微有酒色，令唤珣，垂至，已闻卒传声。国宝自知才出珣下，恐倾夺[④]其宠，因曰："王珣当今名流，陛下不宜有酒色见之，自可别诏召也。"帝然其言，心以为忠，遂不见珣。

【注释】

①孝武：晋孝武帝司马曜。

②王国宝：王坦之的儿子，担任过中书令、尚书左仆射，善于奉承。

③王雅：字茂建，历任侍中、太子少傅等职。

④倾夺：争夺，夺取。

王珣破谗言

王绪数谗殷荆州于王国宝，殷甚患之，求术于王东亭。^①曰："卿但数诣王绪，往辄屏人，因论它事。如此，则二王之好离^②矣。"殷从之。国宝见王绪，问曰："比与仲堪屏人何所道？"绪云："故是常往来，无它所论。"国宝谓绪于己有隐，果情好日疏，谗言以息。^③

【注释】

①王绪：字仲业，王国宝的堂弟。殷荆州：这里指殷仲堪。王东亭：王珣，他被封为东亭侯，因此这样称呼他。这一句的意思为：王绪经常对王国宝说殷仲堪的坏话，这件事令殷仲堪十分担心，于是殷仲堪就请教王珣应该怎么办。

②离：离散，疏远。

③谓：认为。这一句的意思为：王国宝认为王绪有事瞒着自己，一天天地与他疏远了，于是对殷仲堪不利的谗言也平息了。

尤悔第三十三

【题解】

尤悔，指过失和悔恨。本篇所记述的大多涉及政治斗争，少数是生活上的故事。

曹丕害手足

魏文帝忌弟任城王①骁壮，因在卞太后阁共围棋，并啖枣，文帝以毒置诸枣蒂中，自选可食者而进。王弗悟，遂杂进之。②既中毒，太后索水救之。帝预敕左右毁瓶罐，太后徒跣趋井③，无以汲。须臾，遂卒。复欲害东阿，太后曰："汝已杀我任城，不得复杀我东阿！"④

【注释】

①任城王：曹彰，字子文，是魏文帝曹丕的弟弟，陈思王曹植的哥哥，被封为任城王。他们三个人是同父同母的兄弟。

②这一句的意思为：任城王不知情，就混杂着吃了一些枣。

③趋井：跑到井边。

④东阿：这里指曹植，他在曹丕死后被封为东阿王。这一句

的意思为：曹丕后来又想谋害曹植，卞太后说："你已经害死了我的任城王，不能再动我的东阿王了！"

周颢遭冤杀

王大将军①起事，丞相②兄弟诣阙谢③。周侯④深忧诸王⑤，始入，甚有忧色。丞相呼周侯曰："百口⑥委卿！"周直过不应。既入，苦相存救。既释，周大说，饮酒。及出，诸王故在门，周曰："今年杀诸贼奴，当取金印如斗大系肘后。"大将军至石头，问丞相曰："周侯可为三公⑦不？"丞相不答。又问："可为尚书令不？"又不应。因云："如此，唯当杀之耳！"复默然。逮周侯被害，丞相后知周侯救己，叹曰："我不杀周侯，周侯由我而死，幽冥中负此人！"⑧

【注释】

①王大将军：这里指王敦。

②丞相：这里指王导。

③诣阙谢：到朝廷去谢罪。永昌元年（322），王敦起兵发动叛乱，刘隗劝晋元帝杀掉王氏家族，因此王导每天都带领王氏子弟到朝廷谢罪。

④周侯：这里指周颢。

⑤诸王：王氏家族。

⑥百口：指王家大小数百人的性命。

⑦三公：魏晋时指太尉、司徒和司空这三个最显要的职位，

当职者手中握有军政大权。

⑧这一句的意思为：等到周颉被杀之后，王导才知道当初周颉救了王氏全家，叹息道："我虽然没有杀周侯，但是他因我而死，即便到了阴曹地府，我也对不起他！"

简文帝识稻

简文见田稻，不识，问是何草，左右答是稻。简文还，三日不出①，云："宁有赖其末②，而不识其本③！"

【注释】

①三日不出：三天没有出门，表现了简文帝内心为此深感自责。

②末：这里指谷子。

③本：这里指禾苗。

纰漏第三十四

【题解】

纰漏，指差错或失误。本篇所记述的纰漏，或者是由于无心，或者是因为孤陋寡闻，以至于造成了或令人发笑或令人尴尬的局面。

王敦初尚主

王敦初尚主，如厕，见漆箱盛干枣，本以塞鼻，王谓厕上亦下果，食遂至尽。①既还，婢擎金澡盘盛水，琉璃碗盛澡豆，因倒著水中而饮之，谓是干饭。②群婢莫不掩口而笑之。

【注释】

①尚主：娶公主为妻，这里的公主指的是晋武帝的女儿舞阳公主。这一句的意思为：王敦和公主结婚之初，在上厕所时看见了漆箱里有干枣。这些干枣原本是用来塞鼻孔（以隔绝臭味）的，王敦以为这是放在厕所里的果品，就把干枣吃光了。

②澡豆：古代供洗手和洗脸用的物品。这一句的意思为：回

到屋里之后，侍女端着装了水的金澡盘，还有装有澡豆的琉璃碗，王敦还以为澡豆是一种干粮，就把它倒进水里，然后喝了起来。

晋元帝失口

元皇^①初见贺司空^②，言及吴时事，问："孙皓烧锯截一贺头^③，是谁？"司空未得言，元皇自忆曰："是贺劭。"司空流涕曰："臣父遭遇无道，创巨痛深，无以仰答明诏。"元皇愧惭，三日不出。

【注释】

①元皇：晋元帝司马睿。

②贺司空：这里指贺循。贺循（260—319），字彦先，会稽山阴人，博览群书，死后被追封为司空。

③孙皓烧锯截一贺头：孙皓是三国时吴国的最后一个君主，他在统治后期凶暴骄横，贺劭曾经上书劝谏，孙皓怀恨在心。后来，贺劭中风不能说话，孙皓怀疑他装病，对他进行拷问，最后命人用烧锯杀害了贺劭。

惑溺第三十五

【题解】

惑溺，指沉迷于声色或情爱之中不能自拔。本篇所记述的故事多为士大夫们诟病，但是其中也有真情实感的流露。

曹操破邺城

魏甄后惠而有色，先为袁熙妻，甚获宠。①曹公之屠邺②也，令疾召甄，左右白："五官中郎③已将去。"公曰："今年破贼正为奴。"

【注释】

①魏甄后：魏文帝曹丕的皇后，姓甄。惠：同"慧"。这一句的意思为：魏文帝曹丕的甄皇后既聪明又漂亮，她原本是袁熙的妻子，非常受宠。

②曹公之屠邺：东汉末年，汉朝大臣袁绍占据河北、山西等地，与曹操相抗衡。后来袁绍兵败而死，他的小儿子袁熙率领余部镇守幽州，把妻子甄氏留在邺城。公元204年，曹操攻取了邺

城，屠杀了当地百姓。

③五官中郎：这里指曹丕。曹丕登基之前曾经担任过五官中郎将，因此这样称呼他。

郭氏害己

贾公闾①后妻郭氏酷妒。有男儿名黎民，生载周，充自外还，乳母抱儿在中庭，儿见充喜踊，充就乳母手中呜之。②郭遥望见，谓充爱乳母，即杀之。儿悲思啼泣，不饮它乳，遂死。郭后终无子。

【注释】

①贾公闾：贾充，字公闾。

②载周：满周岁。呜之：亲之，这里指亲吻黎民。这一句的意思为：郭氏有一个儿子名叫黎民，黎民刚满一周岁没多久，有一天贾充从外面回到家里，奶妈正抱着孩子在院子里玩，孩子一见到贾充就高兴得欢呼雀跃，于是贾充就上前亲吻了被奶妈抱在怀里的儿子。

韩寿偷香

韩寿①美姿容，贾充辟以为掾。充每聚会，贾女于青琐②中看，见寿，说之，恒怀存想③，发于吟咏④。后婢往寿家，具述如此，并言女光丽⑤。寿闻之心动，遂请婢潜修音问⑥，及期往宿。寿骄捷⑦绝人，逾墙而入，家中莫知。自是充觉女盛自拂拭⑧，说畅⑨有异于常。后会诸吏，闻寿有奇香之气，是外国所贡，一著人则历月不歇。充计武帝唯赐己及陈骞，余家无此香，疑寿与女通，而垣墙重密，门阁急峻，何由得尔？⑩乃托言有盗，令人修墙。使反曰："其余无异，唯东北角如有人迹，而墙高，非人所逾。"充乃取女左右婢考问，即以状对。充秘⑪之，以女妻⑫寿。

【注释】

①韩寿：字德真，历任散骑常侍、河南尹等职，死后追谥骠骑将军。

②青琐：涂上青漆的窗格。

③存想：想念，思念。

④发于吟咏：（感情）在吟咏诗歌时有所流露。

⑤光丽：光艳照人。

⑥潜修音问：暗中传递音讯。

⑦骄捷：指身手矫捷。

⑧拂拭：指梳妆打扮。

⑨说畅：心情愉悦、舒畅。

⑩著：附着。从"后会诸吏"至"何由得尔"意思为：后来，贾充召见下属官员，闻到韩寿身上散发出一种奇香。这种香料来自外国，是贡品，一旦沾到身上，香味几个月也不会消散。贾充心想晋武帝得到这种香之后，只赏赐给了他和陈骞两个人，其他

人都没有，便怀疑韩寿和自己的女儿暗中约会，但是府里的围墙有好几重，密密实实的，大门、旁门也都戒备森严，韩寿是从什么地方进来的呢？

⑪秘：隐瞒。

⑫妻：名词用作动词，嫁给。

卿卿我我

王安丰①妇常卿安丰②。安丰曰："妇人卿婿，于礼为不敬③，后勿复尔。"妇曰："亲卿爱卿，是以卿卿。我不卿卿，谁当卿卿！"④遂恒听之。

【注释】

①王安丰：王戎，被封为安丰侯，因此这样称呼他。

②卿安丰：称王戎为卿。

③于礼为不敬：卿是用于平辈之间对称，或长对幼、君对臣、上对下的称呼，表示尊重、亲热等。晋时丈夫称呼妻子为"卿"，妻子称丈夫为"君"，表示尊敬。

④这一句意思为：王戎的妻子说："我视你为亲人，关爱你，这才称你为'卿'。我不这样做，有谁来称你为'卿'呢？"

仇隙第三十六

【题解】

仇隙，指仇怨和嫌隙。

孙秀复仇

孙秀①既恨石崇不与绿珠②，又憾潘岳昔遇之不以礼③。后秀为中书令，岳省内见之，因唤曰："孙令，忆畴昔周旋不？"秀曰："中心藏之，何日忘之？"岳于是始知必不免。④后收石崇、欧阳坚石⑤，同日收岳。石先送市⑥，亦不相知。潘后至，石谓潘曰："安仁，卿亦复尔邪⑦？"潘曰："可谓'白首同所归'。"潘《金谷集》诗云："投分⑧寄石友⑨，白首同所归。"乃成其谶⑩。

【注释】

①孙秀：字彦才，吴郡富春（今浙江富阳）人，是三国时吴国君主孙权的侄孙，他拥兵自重，遭到孙皓忌惮，于是带领妻室和随从投奔了西晋，被晋武帝司马炎任命为骠骑将军、交州牧等。

②石崇不与绿珠：绿珠是石崇家里的歌女，长得非常漂亮，

擅长吹笛子。孙秀看上了她，曾经派人向石崇索取，石崇没有答应。孙秀大怒，劝赵王司马伦杀掉了石崇及其家人，绿珠最终坠楼自尽。

③潘岳昔遇之不以礼：潘岳的父亲做太守时，孙秀还是个任人差遣的小吏，潘岳很轻视他，后来孙秀就诬陷潘岳和石崇与淮南王一起谋反，以致潘岳被夷三族。

④省内：这里指官署内部。畴昔：昔日，从前。"中心"句：引自《诗经·小雅·隰（xí）桑》，这里指心里一直记着这件事，哪一天都没有忘记过。这三句的意思为：后来孙秀当上了中书令，有一次潘岳在官署里看见他了，就叫住他说："孙令，你还记得咱们过去的交往吗？"孙秀说："我心里一直记着呢，没有一天忘记过！"潘岳这才意识到孙秀对自己的报复是难以避免的。

⑤欧阳坚石：欧阳建，字坚石，石崇的外甥。

⑥送市：指被送到刑场要执行死刑。

⑦卿亦复尔邪：你也这样了。

⑧投分（fèn）：志趣相投。

⑨石友：比喻友谊像金石一样坚固。

⑩谶（chèn）：预言。

石崇夜救刘玙兄弟

刘玙兄弟①少时为王恺所憎，尝召二人宿，欲默除之。令作阢②，阢毕，垂加害矣。石崇素与玙、琨善，闻就恺宿，知当有变，便夜往诣恺，问二刘所在。恺卒迫不得讳，答云："在后斋中眠。"③石便径入，自牵出，同车而去，语曰："少年何以轻就入宿？"④

【注释】

①刘玙兄弟：指刘玙和刘琨。刘玙，字庆孙，官至散骑侍郎。

②阬：同"坑"，土坑。

③卒（cù）迫：同"猝迫"，仓猝。这两句意思为：石崇和刘玙、刘琨兄弟俩的关系一直都很好，听说他们留宿在王恺家，料知事态会有变化，就连夜赶到王恺家里，问刘玙兄弟在哪儿。仓促之间，王恺没有隐瞒，只得回答说："在后面的房间里睡觉。"

④牵：领。这一句的意思为：石崇直接走进去，亲自把兄弟二人拉了出来，和他们一起乘车离开了，并对他们说："年轻人怎么可以这么轻率地留宿在别人家里呢？"

王羲之愤慨致终

王右军①素轻蓝田②。蓝田晚节③论誉转重④，右军尤不平。蓝田于会稽丁艰⑤，停山阴治丧。右军代为郡，屡言出吊，连日不果。后诣门自通，主人既哭，不前而去，以陵辱之。于是彼此嫌隙大构。⑥后蓝田临⑦扬州，右军尚在郡。初得消息，遣一参军诣朝廷，求分会稽为越州⑧。使人受意失旨，大为时贤所笑。蓝田密令从事数其郡诸不法，以先有隙，令自为其宜。⑨右军遂称疾去郡，以愤慨致终。

【注释】

①王右军：这里指王羲之。

②蓝田：这里指王述。

③晚节：晚年。

④论誉转重：声誉越来越高。

⑤丁艰：父母去世，这里指王述的母亲过世。

⑥陵辱：凌辱，侮辱。嫌隙大构：矛盾更深。这两句意思为：后来王羲之亲自登门通知前来吊唁，可等到主人哭起来之后，他又不进灵堂哭吊就径自走了，用这种做法来凌辱王述。这样一来，彼此结下非常深的仇怨。

⑦临：出任。王述服丧期满之后，出任扬州刺史。

⑧"求分"句：会稽本属扬州，王羲之想避开王述的管辖，所以请求朝廷把会稽从扬州分出去，另立为越州。

⑨自为其宜：自己采用合适的办法去处理。这一句的意思为：王述也暗中派人去检察会稽郡的一些不法行为，因为两个人之前有矛盾，王述就叫王羲之自己找适当的办法去解决。